Hermann Hesse
赫曼・赫塞—傳世之作

出版一〇〇週年紀念版／歌德金質獎章譯者典藏譯本

楊武能—譯

悉達多／流浪者之歌

Siddhartha

Eine Indische Dichtung

方舟文化

目次／

【導讀】一條大河，像一部佛經（蔣勳）……004
【導讀】在辯證之中，活出完整的圓（鐘穎）……013
【推薦序】不惹塵埃何以離塵（詹慶齡）……023

第一部

婆羅門之子……029
與沙門同行……044
喬達摩……060
覺醒……075

第二部

珈瑪拉……085
塵世……107
輪迴……121
河岸……134
船夫……152
兒子……171
唵……185
果文達……196

—譯後記—以河為師，悟道成佛（楊武能）……213
—附錄—我的信仰（赫曼·赫塞）……223
—附錄—生平自述（赫曼·赫塞）……229

導讀

一條大河，像一部佛經

作家／蔣勳

赫曼．赫塞

赫曼．赫塞（Hermann Hesse，一八七七－一九六二）在一次世界大戰結束前寫作了*Damian*（《徬徨少年時》）這部小說，用青年心靈對話形式反省人類的困境，試圖為廢墟裡的文明找尋出路。這部小說到戰爭結束一九一九年才出版，也在歐洲適當地成為許多戰爭倖存青年的精神依靠吧。

一九二二年赫塞以同樣心靈對話形式，借助東方佛陀修行的故事原型，創作了*Siddhartha*（《悉達多》）。

兩次世界大戰，歐洲知識分子，在屠殺毀滅中思考生命存活的意義，思考文明的價值，這些省思在赫塞去世的一九六二年前後才逐漸在以美國為主的英語世界被廣大閱讀。二十世紀六〇以後，美國青年的嬉皮運動，從體制出走，反現代文明，流浪於印度、尼泊爾，學習冥想苦修、放棄物質，或衣衫襤褸，或沉迷於大麻迷幻藥物，許多樂手歌者，學習古印度西塔琴，受赫塞的文學書寫啟發，創作搖滾音樂，實踐廣義的東方心靈禪修，赫塞或許沒有想到，在自己去世之後，他的文學才開始影響一整個世代的青年精神。

一九七〇年代前後，赫塞的小說，主要通過英語，陸續翻譯成華文，《徬徨少年時》、《鄉愁》、《荒野之狼》，都成為那一年代臺灣青年愛讀的文學作品。赫曼・赫塞文學裡特有的內省、冥想、傾向少年心靈獨白的敘事方式，彷彿孤獨的流浪者自己與自己的對話，在臺灣體制威權的年代，也使許多善感而夢想的青年從嚴密的思想禁錮出走，從喧囂的教條出走，走向自我心靈孤獨的修行道路。

文學不是一味自我炫耀、自我表現，文學，不是聒噪的囂張。文學，或許有一種力量，使青年可以向內對自己作更深的生命質問——我活著為了什麼？我可以不再只是現在的我嗎？我可以告別親愛的人，告別俗世，獨自一個人出走嗎？

赫曼．赫塞的文學使一整個世代的臺灣青年，記得一種獨白的安靜文體，文學首先是傾聽自己內在安靜的聲音，學習獨自一個人與自己對話的力量。

許多青年喜歡在背包裡帶著赫曼．赫塞的書，一個人出走，獨自走向流浪途中。

流浪者之歌

一九七二年後，赫曼．赫塞最具代表性的作品《悉達多》（一九二二）也翻譯成了中文，在臺灣出版，很快成為當時許多文藝青年傳閱討論的一本書，其中有一種華文譯本（蘇念秋），用的書名，就是《流浪者之歌》。

也有人直接音譯這本小說為《悉達求道記》（徐進夫）。

悉達多是佛陀成佛以前俗世的名字——「悉達多－喬達摩」（Gautama），還在俗世，還沒有悟道，沒有成佛，悉達多，當時是迦毗羅衛國（Kapilvastu）太子，因此也有人稱為悉達多太子。

東方傳統美術裡常有悉達多一足盤膝靜坐、在樹下沉思的造像，稱為「思維菩薩」。尚未悟道成佛，於人間世還有諸多眷戀不捨，於有情世界還有迷惑、思索、猶疑、徬徨。這尊像，靜坐樹下冥想，青春的悉達多，如此年少，喜悅又略帶憂愁，不同於悟道後圓滿無遺憾的佛陀寶相，這初入冥想的少年悉達多，對於大多悟道還不徹底的眾生，似乎特別覺得有與自己相近的親切吧。

赫曼．赫塞採用了悉達多思索人生、流浪於紅塵世途的少年原型，寫作了小說。

「悉達求道」的書名容易讓讀者以為是一部佛傳，當然作為小說創作，赫塞可以重新賦予「悉達多」不同於佛傳故事的意義。譯為《流浪者之歌》似乎更想切近赫曼・赫塞書中悉達多少年心靈尋索徬徨於途中的本意吧。

佛傳的真實故事細節，在長久信仰佛教的國度，因為崇敬禮拜，反而不為人知了。

佛陀常常被神化為天生的悟道者，失去了，或忽略了悉達多在俗世艱難修行的過程。

赫曼・赫塞家族有印度的文化薰陶，赫塞的外祖父在印度傳教，深通印度語言，赫塞的母親在印度出生，在印度與赫塞父親結婚，雖然是歐洲知識分子，家族的印度基因，卻似乎在他身上呼喚著不可知的東方的前世血源。他的家中有許多父祖輩從印度帶回歐洲的佛像，面對這些造像，身在歐洲，戰爭塵囂喧騰，在德語寫作的文化氛圍，赫塞與佛陀，似乎保持著若即若離的關係，它可以以佛觀佛，他也可以以人觀佛。

「佛」，像是「人」的解構。「佛」，像是「人」的否定。「佛」，像是從「人」修行昇華到了放棄作為「人」的執著。

「佛」是沒有故事了，「佛」的故事都在祂作為「人」的流浪中。

赫曼．赫塞把佛還原成為人，重新述說悉達多作為一名流浪者的故事。

悉達多與喬達摩

顯然赫塞並不在意原來佛陀傳記的考證，在小說裡，佛陀的名字與姓氏——悉達多、喬達摩，被分開成為書中兩個不同的角色，他們像好友知己，也像相互競爭，他們，彼此對話，像我們每個人內在都可能有的兩個自己的聲音。

沒有受限於東方信眾對佛陀習慣性的敬畏，因此才能夠將「悉達多」從長年「佛」已經固定的寶相莊嚴中解脫出來吧。赫塞帶領讀者從少年的悉達多看起，不是一味投身拜伏於偉大的佛陀腳下，不是祈求外在神的救贖，而是讓少年生命在漫漫長途的流浪之中學習傾聽自己內在的心靈聲音，與最深最真實的自己對話。

赫塞一一述說少年生命於塵世間經歷的種種因緣，有一天，他或許能有機緣坐在佛陀身邊，聽佛說法，這個少年，可能歡喜讚嘆，也可能起身離去。貪戀財物是貪，然而貪戀「救贖」，貪戀「覺悟」，會不會也是貪念？《金剛經》裡，佛陀曾經問須菩提：我於燃燈佛處，有法得阿耨多羅三藐三菩提否，須菩提回答說：實無有法佛得阿耨多羅三藐三菩提。

講得很徹底，連生命的覺悟也不可貪，貪便有了執著。

赫曼．赫塞或許對佛法有自己的體悟，他的「悉達多」恰好是在與「喬達摩」見面時轉身離去了——我一直記得青年時讀到這一段時的震動。修行途中，自己與自己相遇了，一個完成修行的自己，一個仍然苦苦思索真理而不可得的自己。

赫曼．赫塞把原來屬於同一個人的「悉達多–喬達摩」分成了兩個人物。悉達多是少年在流浪途中的修行，經由苦修到重入世間，他在修行途中聽到世尊「喬達摩」的名字（通常漢譯為「瞿曇」），是已經悟道的佛陀，眾人都爭先恐後要親近「喬達摩」，藉由佛陀的功德圓滿增加自己的福慧吧。然而「悉達多」站在「喬達摩」面前，問了幾句話，感覺到喬達摩悟道後的安詳圓滿，然而，悉達多還是決定獨自離去，不追隨「喬達摩」成為弟子或信眾，赫曼．赫塞創造了自己與自己的對話，也創造了自己與自己的告別。

赫塞想要說的，會不會是：沒有，也不會有神的救贖。修行必然是學會傾聽自己內在最真實的聲音吧！

悉達多決定走自己修行的道路，或許他堅持「修行」並不是一個結果，他親眼看到了佛陀修行的圓滿結果，但那結果不是他自己的，他仍然要一步一步完成自己修行的過程。

塵世的修行當然不是一塵不染，讀者因此看到滿面塵垢的悉達多，苦修不成的悉達多，放縱於賭場、情慾的悉達多，與「喬達摩」爭辯生命真理的悉達多，於苦惱中期盼「佛」的開示救度的悉達多，背離「佛」的悟道毅然出走的悉達多，他背棄了佛陀，來到人間，與妓女廝守纏綿，他甚至從妓女種種性的慾樂裡學習肉身一定要通過的功課，他說：妓女是他重要的老師。他又沉湎於賭場，通過輸與贏，懂了焦慮貪婪。他成為大商人的管理者，學習聚斂財貨。

悉達多，在人世的艱難修行，容貌改變，甚至認不出最初的自己。他來到河邊，他俯身向河，好像要在水中見證自己的容貌，好像要清洗滿面塵垢，或者，是要投身自溺水中，終結一切苦惱。

此時赫塞筆下的悉達多，聽見少年時學習的「唵」的梵音，從整條大河響起，從自己的心靈深處升起，源源不絕，河上舟子搖船而來，是曾經渡他過河的船，再度來迎他上船。最後悉達多留在河上，他向擺渡的人學習渡人過河——伏身向一條大河的悉達多，學習長年河上搖船渡人的舟子，學習聆聽一條河流的寬闊包容，學習一條大河在歲月裡靜定卻永不止息的浩大聲音。

一條大河，像一部佛經。

（本文原載於二〇一三年一月二十五日《聯合報》副刊，原題〈流浪者之歌〉）

在辯證之中，活出完整的圓

——從《流浪者之歌》談佛陀的證悟之路與榮格的個體化

諮商心理師、《故事裡的心理學》作者／鐘穎

《流浪者之歌》面世一百年，影響這個世界的精神面貌之深，已經很難用文字描述。一方面，「流浪」的意象吸引了一代又一代的年輕人，使他們勇於背離自身傳統，探索屬於自己的「真」；另一方面，故事主人公悉達多高舉對愛、對世界的肯定，鼓勵著讀者去擁抱自己的生命。更甚者，書中的內容涉及了東西方價值的碰撞，關於真理的本質，赫曼·赫塞以他的切身經驗使雙方產生了有意義的對話。

相信所有熟悉佛陀生平的讀者都發現了，悉達多是一個身世與佛陀接近的人物。他們同樣出身高貴，自幼接受良好教育，並受到所有人的喜愛。佛陀在見到生老病死之苦後離開了王宮，走向了苦行之路，最終在菩提樹下證悟。而悉達多則是不滿於婆羅門所教導的那些知識，決心拋下貴族身分，追隨苦行僧的腳步；而後他又遇見了佛陀，但在兩人對話之後，他卻離開了佛陀的教團，走向自己的證悟。

都說赫曼・赫塞受到瑞士心理學家榮格的啟發頗深，但他是在本書的第一部完成之後，才開始接受榮格的分析。因此這部作品中有多少是受榮格所影響，又有多少是他個人的原生感受，是很難完全釐清的。但他們二人的觀點都是近代西方的產物殆無疑義。

有著高貴出身，受著良好教育的悉達多，無論如何在文字裡、在老師的教導中都找尋不到平靜。用深度心理學的角度來看，這一點描述的正是「自我」無休止地渴求。學習、分類、比較、命名，這一切都可被形容為意識的功能。

正是在這一點上，自我才自潛意識中分化、獨立，透過意識能力的擴展，我們建構起了世界，建構起了自己。

佛陀教義清楚明白地指出：意識自我不斷追求成長與增加，向外抓取攀附的天性造成了「苦」的來源。因為一旦有了對事物的區別，我們就建立了「我」的概念，而有「我」就有苦。西方肯定了「自我」，認為那是人類文明得以建立、個人身分得以成形的基礎。東方卻早早對「我」提出了質疑，並建立了一連串消除我執的修行方法。年輕的悉達多越加渴求著學習，就越加不明所以。這樣的苦也逐漸被西方世界所認識，但西方心理學家所使用的語言叫「分裂」，這是源於一種人類與自然、理智與感性、自我與他人，乃至自身與感受之間的分裂。這樣的隔閡，被人本心理學家稱為孤離（isolation），這樣的孤獨與隔離感，同時被佛洛姆視為是焦慮的源頭。

焦慮之源（亦即苦的起因）並非源於我執，而是源於對孤獨的意識以及對愛的失能，這是佛洛姆的觀點。而對精神分析來說，焦慮之源在於性慾；對存在心理學來說，焦慮之源則在於死亡。這些觀點只要換個說法，也可以說都是起源於我執。但在西方的心理學中，我執卻不是一種必須克服的對象，這一點我們在《流浪者之歌》中同樣可以看到相近的意涵。

對榮格而言，苦的觀念則複雜多了，他似乎承認苦具有某種合理性。因為苦是一種源於潛意識的「補償功能」，目的是使人錯誤的或者片面的生活態度變得更加完整（而非完美）。從這個觀點來說，就沒有所謂的「治癒」可言（亦即四聖諦中的「滅」與「道」）。人生的重點應該被放在「個體化」，並從個體化的過程中尋求治癒。

個體化的意思是成為一個獨特且完整的人。榮格所謂的「獨特」指的是一種充分的覺知，不僅覺知到「人格面具」對我們的影響，同時也覺知到本能衝動（原型）對我們的束縛。舉例來說，一般人以為的獨特是特立獨行，但「特立獨行」很有可能仍舊是一張「人格面具」。青少年嚮往微旅行，嚮往成為一位網紅，並模仿著他們的穿著打扮以及用語。這些看似獨特，但在榮格心理學中卻恰好相反。我們是跟著自己真實的想法去從事某種行為的呢？還是跟著「想要獨特」的想法去從事某種行為的呢？兩者的差異就在這裡。

而「完整」指的則是認識我們內在的黑暗面，在榮格心理學裡，那稱為「陰影」。陰影是人格面具的對立極，事實上，無法認識內在黑暗，以及接受個人黑暗面的人，根本不可能達到「完整」。從這裡我們就看見了榮格心理學的獨特處。有別於鼓勵我們追求「完美」、發揮個人天賦的當代教育理念，榮格心理學卻提醒我們，要記得那些在我們成長過程中被我們所背棄和遺漏的東西，唯有將之認同回來、重新擁抱回來，人才能變得完整。悉達多之所以在遇見佛陀之後覺得內心仍有不足，原因即在此處。因為佛陀的語言文字（也就是教法）並未能清楚闡釋他在開悟瞬間所明白的那些事。如果他要證悟，非得走出自己的路，留心自己的體驗不可。所以他知道自己不能接受佛陀的那種法。除非那是從他自身汩汩流瀉而出的。這正是這本小說的第一部所要揭示的道理。

佛陀象徵著悉達多內在的自性。是否真有悉達多此人，或者悉達多真的是否曾遇見佛陀，這件事本身都是不重要的。因為故事就是一種詩歌，代表的是作者本人的心境。赫曼．赫塞所想表達的，是他與內在自性（亦即佛陀）的相遇以及對他的拒絕。

讀者想必發現了，悉達多盛讚著佛陀，稱他是智者、最偉大的導師，但他同樣質疑，那些跟著你的教眾們又有誰證悟了呢？這種對內心最高者（亦即自性）的拒絕，正是榮格心理學的主要特徵。有別於神祕主義者對天人合一的肯定，榮格在看待「整合」時特別強調：整合並非放棄兩極的任一方，任憑某一方被另一方給吞噬，而是對此互動過程的持續關注。事實上，整合永遠會帶來新的對立極，這是一個辯證的過程，當中並沒有終點。因此「涅槃」對不少榮格派的分析師來說是很可疑的。他們認為，真正有的是對「中心」點的「繞行」（circumambulation），是一種螺旋狀的向下。而在這個過程裡，人如果失去自我，人格就會解體，精神也會崩潰。所以我們需要一個聖域（temenos），一個密封容器來抵抗兩極相遇時的緊張感（但佛陀卻只在捻花微笑間傳達了一切）。

回到故事來說，離開家鄉、走向荒野森林的悉達多，意味著逐漸離開了意識的領域，森林象徵著無意識，他的追尋因此可說是一路地遠離外在世界。直到最深處，他遇見了佛陀。而他拒絕佛陀之後明白了，原來在他前半生的追尋之中，他已經迷失了自我。

因此悉達多重新肯定自我，決心要向自己學習，要認識他自己。這是對自我、對意識領域的重新肯定，可以這麼說，也是對外在世界、對繽紛多彩的表象世界的重新肯定。因此本書的第二部，是從悉達多對「性」與「財」的認識開始的。他遇見了精通房中術的名妓，成為了大商人的合作夥伴。他帶著優越感向他們學習，又在這裡淪落。然後，最終的整合終於發生在他的中年之後，在他決心向河流與船夫學習之後。

就個體化的宗旨來說，整合既是動力也是目的。如果把它看做人生的全程發展，那麼多數人的上半生，其心理能量是向外的，追尋個人的成就舞臺、建立家庭等等；而下半生則轉身向內，關切內在的心靈活動。若從此點而言，悉達多離開佛陀及其教團之舉的原因就很清楚了：做為一個應當追求完整的「人」，他還未完成「外在世界」的功課，未完成屬於「自我」的功課，這是為何他一直感到不滿的原因。

事實上，就我們所瞭解的佛陀成道史，喬達摩王子也是在娶妻生子之後，才開始意識到有離開舒適圈的必要，這促成了他的離城之舉。離開王宮，深入民間，這難道不是轉身向內、探訪潛意識的舉動嗎？我想，佛陀之所以能完成屬於他的個體化，原因正在於他將他的生命活成了一個圓。先是體驗了生，而後藉由禁欲苦修，體驗到了生之繁華的對立面，這才在菩提樹下拒絕了魔王的恐嚇與利誘，成就了無上等正覺。但對主角悉達多來說，他一直以來都只有活出生命的半個圓，亦即內在的那一面。喬達摩的前半生極盡歡愉，悉達多的前半生則充滿宗教氛圍。後者對於生命之樂、生命之美，一直無知無識，乃至有意棄絕的狀態。

是以喬達摩成佛之道無法在悉達多的身上成功，悉達多直覺地明白了這一點。因此故，不論是喬達摩在青年時離開了繁華人世，還是悉達多在青年時返還了繁華人世，他們都走在同樣的個體化之路上，同樣地在為追求自己生命的圓滿而努力。可以這麼說，縱使路徑不同，語言互異，他們兩人的成道都是一趟典型的英雄之旅。他們都從「我應該」成功地轉化為「我選擇」。他們不再受限於個人的早期經驗（對佛陀而言，他的早期經驗是物質性的；對悉達多而言，則是宗教性的），而是帶著「覺知」活用了這些「應該」所立下的規則。不論是藝術家還是思想家的養成中，這都是成為大師的必備條件。

佛陀最終看穿了位於表象世界背後如如不動的真實，而悉達多最終則決定去愛這個變化萬端、充滿愛恨的世界。這背後同樣有著中世紀後的西方精神，一種對基督教之愛的重新詮釋。悉達多在死前與老友果文達相遇了，他說：「愛，果文達，我覺得是一切事物中最重要的。看透這個世界，解釋它，蔑視它，這可能是思想家的事。可我所關心的，只是能夠愛這個世界，不蔑視這個世界，不憎恨世界和我自己，能夠懷著喜愛和欣賞和敬畏之心，來觀察世界，觀察我和萬物。」愛成為了目的，而自身的體驗則因此成為了衡量一切的標準。

東方的證悟之路與西方的個體化之間因此既存在著交集又彼此獨立，但在我看來，目標則一。重點是完整。喬達摩用他的一生活出了完整的圓，悉達多雖然反著走，但也用他的一生活出了完整的圓。他們的臉龐都出現了那種只有在大圓滿者身上才會有的那種微笑。東方的傳統希望我們跟隨佛祖的腳步，西方的文化則強調每個人都可以有自己的腳步。正是在這一點上，標誌了東西方精神的不同，而兩者同樣都是雙方留給彼此的贈禮。雖然如此，不論佛陀還是榮格，都強調不可被文字所障蔽。這點又是兩者的相同之處。

說來矛盾，自我既是判斷真理的標準，又是應該去除的對象。那麼哪一個說法才是真實的呢?內心寬廣的人肯定會同意：兩者同樣真實。我見過許多囿於任一端的人，他們在求道路上迷途，或陷於我執，或陷於法執，終是不得圓滿。

不惹塵埃何以離塵

資深主播、《名人書房》主持人／詹慶齡

初見《流浪者之歌》，在我的徬徨少年時！

做為人生最重要的啟蒙書之一，它像一泓瞻之在前忽焉在後的智慧寶泉，每番重讀都如飲甘露，同時生成新的提問與思考。從蒙昧少年期如獲至寶地囫圇吞嚥，到成年後似懂非懂的妄加點評，乃至些許滄桑的哀樂中年，靜心默觀沉潛其中，不同階段的碰撞，恰似中譯本書名《流浪者之歌》以及主人翁悉達多的求道旅程，幾經輾轉往復，浪跡俗世歷練體嘗它的精妙奧義。

年少第一次相遇，我認定悉達多是以佛陀為原型的角色設定，高貴的婆羅門之子，為求證悟，走上苦修之路，縱然一度墮入紅塵淫奢逸樂，享絕人間富貴，終能幡然醒覺解脫六道之苦，以擺渡人之姿到達彼岸。

然而，當青年沙門悉達多值遇佛陀，僅管對那莊嚴崇高的教誨滿懷敬畏，卻難以自欺去忽略「萬物一體性和連續性的小小裂口。」因而大膽與佛陀辯證「您已達到那個至高無上的目的，找到擺脫死亡之道。它是由於您自身的探索，遵循自己的途徑，透過思索、透過禪定、透過認識、透過證悟所獲得的。您獲得它不是透過講經傳道。」教說的表象無法使他從眾跟隨，早慧的悉達多彼時已然感知「知識可以言傳，智慧卻不能。」任何能形諸語言文字的事物都只是片面，他深信佛陀大徹大悟的祕密，唯體驗可得。不同於至交果文達皈依佛陀遁入空門，悉達多選擇了完全相反的路途，投身凡塵俗世去追尋那令他困惑又著迷的「因果鎖鏈上的裂縫」。

悉達多的探索映照出每個生命獨立的探索，悉達多的流浪意味著每個生命各自的流浪！

多年以後，我如此解讀。早年對書中人物的揣想，悉達多與佛陀喬達摩是否同為一人？已不再重要！或許，肉身凡夫的我們是萬千個可能的、隱形的悉達多，亦或喬達摩。

透過暮年的果文達親吻好友悉達多蒼老的臉龐，如真似幻境前的眾生萬象，你、我、神、獸、新生、死亡交融一體，另一個悉達多、另一個喬達摩，在終生渴求真理的果文達心中隱隱然具象化，似乎也支撐著此刻，僅僅此刻，我對境而生的臆想為真。

然，何謂真假？虛實？得悟後的悉達多與老友分享他向世間、向河流習得的「發現」，睿智而堅定地闡釋「存在即是善，死即是生，罪孽即神聖，聰明即愚鈍。」當下我以為的真，可能只是這個瞬間片面的感知，但又何妨，在悉達多的圓滿圖像裡「每一個真理的反面也同樣真實。」隨悉達多流連本書數十載，今昔每個起落生滅的念頭、作為、心得、想像，當皆屬「完整」不可分離的一部分吧？它曾帶我到心靈的天涯海角，未來也許引我走向荒僻或豐美的未知之地，繼續流浪，具足體驗。

可不是嗎？聰明高傲如悉達多也得落入俗世同眾生愚蠢痴傻，耽溺罪惡，才能抹除他眼角那絲睥睨嘲諷；必得經受愛子叛逆決絕而去的椎心之痛，才懂世間求之不得那愛別離苦；他要遍嘗生活裡萬般極致滋味，才能貼近那些曾讓他冷眼旁觀，庸俗激情與行動的煩惱來處。如你，如我，如滾滾紅塵中流轉的千姿百態，如河中閃現所有的舊顏新貌，各自掙扎，卻相互促成，獨立存在，又不可分離。在求真求智追尋自我的道路上，請容我這麼述說，悉達多是我們，我們是悉達多，必經彎彎繞繞殊異且相同的流浪旅途，沾滿塵埃，始得離塵。

敬獻給我的心靈之書，一百年紀念！

第一部

獻給可敬的朋友，羅曼・羅蘭[1]

婆羅門之子

DER SOHN DES BRAHMANEN

年輕、英俊的悉達多，高貴的婆羅門之子，在房前屋後的陰涼處，在泊岸船隻旁邊的陽光裡，在娑羅雙林的蔭蔽下，在無花果樹的濃蔭中，與他同樣是婆羅門之子的好友果文達[2]一起，像雄鷹一般長大了。在河邊沐浴時，在神聖的洗禮和祭祀時，太陽曬黑了他光亮的雙肩。在芒果林裡，伴隨著男孩子們的

[1] 編註：Romain Rolland，法國作家，一九一五年諾貝爾文學獎得主。他是赫塞在文壇上的好友，多年書信往來不輟，兩人懷抱著相同的反戰思想與人文關懷，在文學方面也各自被視為法國與德國「最後的浪漫主義英雄」。

[2] 編註：Govinda，得名自印度神祇黑天的別名，意為「牧牛人」。

玩耍嬉戲，伴隨著母親的輕聲吟唱，在參加神聖的祭祀時，在聆聽身為學者的父親授課以及和智者們論辯時，濃蔭不知不覺融入了他烏黑的眼眸。悉達多早已參加了智者們的對話，與果文達一起潛心修習過辯論、靜觀和禪定之術。他已經學會無聲地默誦「唵」[3]，默誦這詞中之詞，在吸氣時默誦它，將它納入體內；在呼氣時默誦它，將它吐出體外。他全神貫注，聚精會神，額頭環繞著明睿思考的精神光輝。他已經學會在內心深處體認阿特曼[4]，從而與宇宙合一，永不敗壞。

父親見他勤奮好學，渴求知識，有望成長為一位偉大的智者和僧人，一位婆羅門的王者，心裡無比欣喜。

母親見兒子兩腿修長，體格健美，行走坐立儀態端莊，對待她禮數充分周到，胸中也按捺不住狂喜。

每當悉達多像個王子似的在城裡穿街過巷，容光煥發，目光炯炯，腰身精瘦，年輕的婆羅門姑娘一見心中便漾起愛的漣漪。

他的朋友婆羅門之子果文達，愛他更是勝過了所有人。他愛悉達多的眼睛和甜美的嗓音，愛他的步態和彬彬有禮的行為舉止，愛他所做所說的一切；他最愛他的精神氣質，最愛他高尚、熱烈的思想，最愛他剛毅的意志，以及他的崇高使命感。果文達知道，這個人不會成為一個平庸的婆羅門，不會成為懶惰的祭司，不會成為貪得無厭的商賈，不會成為愛慕虛榮的空談家，不會成為凶險狡詐的僧侶，也不會成為畜群中一隻老實、愚蠢的綿羊。不，即便是他果文達，也不想成為那樣的人，也不想成為這種婆羅門芸芸眾生中的一員。他要追隨悉達多，追隨這個他所愛的傑出人物。悉達多有朝一日成了神，成了光明燦爛的聖者，那時果文達仍然要追隨他，做他的朋友，做他的隨從，做他的僕傭，做他的護衛，做他的影子。

3 編註：在印度教經典中常出現的種子字，梵語拼音作「Aum」或「Om」，被視為是宇宙中所出現的第一音。
4 **Ātman**，一譯「梵我」。印度哲學術語，用以表示「自我」、「神我」。

就這樣，大家都愛悉達多。他給大家創造了歡樂，帶來了喜悅。

然而悉達多自己卻並不快活，並不感到喜悅。他在無花果園的玫瑰小徑上漫步，在林苑的淡藍色陰影裡靜坐沉思，在每日的滌罪沐浴中清洗身體，在濃蔭遍地的芒果林中參加祭祀；他的舉止完美無瑕，受到大家喜愛，也帶給了大家快樂，可他自己心裡卻並不快樂。他時常做夢，從河水的流動中，從夜空群星的閃爍中，從太陽的耀眼光芒中，總有思想無休無止地向他湧流。他時常做夢，時常由於祭祀時繚繞的煙霧，由於吟誦《梨俱吠陀》[5]詩行的氣息，由於老婆羅門的諄諄教誨，而感覺到心靈不安。

悉達多心中開始滋生不滿。他開始感到，父親的愛與母親的愛，還有好友果文達的愛，不能永遠使他幸福，使他平靜，使他滿足，使他別無所求。他開始隱隱感到，他可敬的父親以及其他老師，這些聰明的婆羅門已經把自己多數的智慧及其精華傳授給他了，他們已經把豐富的知識注入了他期待的容器，可是這個容器卻沒有裝滿，他的精神沒有獲得滿足，靈魂沒有獲得安寧，心也沒能平靜下來。洗禮雖好，但那只是水，水洗不掉罪孽，解不了精神的焦渴，醫治不好內心的恐懼。對神靈的祭祀和祈求固然很好，可這就是一切嗎？祭祀帶來了幸福嗎？神靈的作為又怎樣呢？真的是生主[6]創造了世界嗎？難道阿特曼不是獨一無二的萬物之主嗎？神靈們何嘗不像你我一樣被創造了形體，一樣受制於時間，一樣無常於人世？祭祀神靈果真有用嗎？果真正確嗎？果真富有深義和無比神聖嗎？除了他，除了獨一無二的阿特曼，還有誰值得祭祀，值得崇拜呢？可是哪兒才找得到阿特曼，它住在哪裡，哪裡跳動著它那永恆的心臟，難道不就在我們的自我裡，在我們的內心深處，在每個人心裡那堅不可摧的地方嗎？然而這個自我，這個內心深處，這個最後的歸宿，它又在何處呢？它不是肉或骨頭，既非思想也非意識，聖賢們如此教導我們。那麼它在哪兒，到底

5《梨俱吠陀》，全名《梨俱吠陀本集》，是印度現存最古老、最重要的一部詩歌集，內容包括祭祀聖歌、神話傳說以及對自然現象和社會現象的描繪。「吠陀」一詞意為知識，也是印度教經典文獻的泛稱。

6 編註：**Prajapati**，印度神話中對造物主的稱謂，所指代的神祇隨時代而有所不同。

在哪兒呢？要深入到那裡去，要深入到自我，要深入到我的內心，要深入到阿特曼還存在另一條路，可是去探尋這條路是否值得呢？唉，沒有誰指出這條路，沒有誰知道它，父親不知道，老師不知道，賢人們不知道，神聖的祭祀歌也不知道！婆羅門和他們神聖的經書卻知道一切；他們知道一切，操心一切，甚至比一切還要多，他們知道和操心世界的創造，言語、飲食和呼吸的產生，感覺和呼吸的產生，他們瞭解知覺的秩序，知道神靈們的功業，他們的知識無窮無盡——但是，這又有多少價值呢？如果不知道那獨一無二的存在，不知道那最最重要和唯一重要的東西？

確實，神聖的經書尤其是《娑摩吠陀》的奧義書[7]裡，有許多詩句都提到了這最內在、最終極的存在，絕妙的詩句啊！「你的靈魂就是整個世界。」書裡這樣寫道。它還提到人在睡眠時，在酣睡中，便可進入自己內心深處，沉潛在阿特曼裡面。這些詩句蘊涵著驚人的智慧，匯集著大智大慧者所有的知識，它們凝聚成具有魔力的語句，純淨得如同蜜蜂採集起來的蜂蜜。不，千萬別小看這巨大的知識財富，它們是不知多少代聰慧的婆羅門搜集和保存下來的。可是，那些婆羅門，那些僧侶，那些賢人或懺悔者，那些不僅瞭解而且踐行了這最最深刻的知識的人們，他們究竟在哪兒？那個能把存在於阿特曼中的歸屬感從酣睡中喚醒，將它融入我們的現實生活，化作我們言語和行動的達人，他又在哪兒呢？悉達多認識許多可敬的婆羅門，首先是他的父親，他是位高尚純粹的人，學識淵博，德高望重。他父親令人敬佩，舉止安詳、高貴，為人純樸，言語聰明，頭腦裡充滿機智、高尚的思想；然而即便是他，即便是這麼一個見多識廣的人，難道他就能生活得幸福安寧，就能心安理得？難道他不仍舊只是一個探索者，一個渴求者嗎？難道他不是仍舊得反覆地去啜飲聖泉之水，從祭祀、從書籍、從婆羅門的論辯中汲取養分嗎？他是個無可非議的人，可為什麼還得每天洗滌罪孽，還得每天努力清洗自己，還得每天重新開始呢？難道阿特

7 編註：奧義書是古印度哲學文獻的廣泛統稱，是後人對吠陀經典的探討與詮釋，多以對話方式寫成。

曼不在他身體內，難道他自己心裡不湧流著生的源泉嗎？必須找到它，必須找到自我中的這個源泉，必須把它變為自己所有！剩下的只是探索尋找，只是曲折坎坷，只是誤入歧途。

這就是悉達多的想法，這就是他的渴望，這是他的苦惱。

他經常誦讀《歌者奧義書》[8]裡的文句：「確實，梵天[9]之名即為真理——真的，證悟真理者日日得入天國之門。」那天國往往看似已經臨近，可他卻從來不曾完全企及，從來沒有消除過最後的焦渴。所有聖賢，所有他認識並受過他們教誨的聖賢，沒有一個完全企及過那天上的世界，沒有一個能完全消除那永恆的焦渴。

「果文達，」悉達多對他的朋友說，「果文達，親愛的，跟我一起到榕樹底下去吧，我們該潛心靜修了。」

二人走到榕樹邊上坐下來，眼前坐著悉達多，果文達離他二十步遠。悉達多坐下後準備誦「唵」，隨即喃喃地重複以下幾句：

唵是弓，心是箭，
箭矢之的在梵天，
欲射不容心志偏。

例行的靜修時間結束後，果文達站起身來。夜暮已經降臨，到晚間洗滌的時候了。他喚悉達多的名字，悉達多卻沒有回答，仍然在那兒沉思打坐，兩眼呆呆地凝視著一個遠遠的目標，舌尖微微從牙齒間伸了出來，似乎沒有了呼吸。他就這樣坐著，沉潛在禪定之中，心誦著「唵」，靈魂已如箭矢射向梵天。

這時候，正有幾個沙門[10]途經悉達多所在的城市。那是去朝聖的苦行僧，

8 編註：《娑摩吠陀》內的奧義書之一，也是現存最古老的奧義書之一。
9 編註：印度教三大主神之一，主掌創造。另外兩位主神分別是守護神毗濕奴與破壞神濕婆。
10 沙門，泛指離家苦修的佛教徒。

三個皮包骨頭、毫無生氣的漢子，說老不老說年輕也不年輕，風塵僕僕，肩上帶著血跡，近乎赤裸的身子讓太陽曬得焦黑；他們孤苦伶仃，對塵世既陌生又敵視，是人世間的異類，彷彿瘦削的胡狼。他們身後飄來一股濃烈的氣息，一股寧靜的激情、艱辛的磨煉和無情的自我修持的氣息。

晚上，在修習完禪定的功課之後，悉達多對果文達說：「我的朋友，明天一清早，悉達多就要去找那些沙門。他也要當一個沙門。」

一聽這話果文達臉色煞白，他從自己朋友那不動聲色的臉上，看出了如離弦之箭一樣不可扭轉的堅定決心。果文達一看就明白：事情已經開始，悉達多就要走自己的路了，他的命運現在已經開始萌芽，我自己的命運也與之相連。因此果文達的臉色蒼白得就像乾枯的香蕉皮。

「哦，悉達多，」他叫道，「你父親會允許嗎？」

悉達多的目光就像如夢初醒。他很快看透了果文達的靈魂，看出了他的恐懼，看出了他的忠誠。

「嗨，果文達，」他小聲說，「我們別浪費口舌啦。明天天一亮我就開始沙門的生活。別再說了。」

悉達多走進房間，他父親正坐在房裡一個麻織的墊子上。他走到父親身後站在那兒一動不動，直到父親覺察自己身後有一個人，這位婆羅門才開了口：「是你嗎，悉達多？說吧，說出你的來意吧。」

悉達多說：「蒙你所允，父親。我是來告訴你，明天我想離開你的家，去找那些苦行僧。我的願望是當一個沙門。但願父親你不會反對。」

這個婆羅門沉默無語，久久地沉默無語，直到小窗裡星星閃爍，直到它們改變了圖像，房間裡的沉默依然沒有盡頭。兒子一言不發，一動不動，抱著雙臂立在那兒；父親也一言不發，一動不動，坐在麻織的墊子上；只有星星在夜空中移動。

後來，父親突然開口說：「婆羅門不適合說激烈和氣憤的話。可是我心裡不滿而且激動。我不願從你嘴裡再一次聽到這請求。」

說著，這位婆羅門慢慢站了起來，悉達多仍抱著雙臂不聲不響地站在那裡。

「你還等什麼？」父親問。

悉達多回答：「你知道。」

父親不耐煩地走出房間，不耐煩地摸到自己床鋪跟前，在那兒躺了下來。

過了一個鐘頭，由於沒有入睡，老婆羅門只好又爬起來，在屋裡踱來踱去，然後走出了房子。他透過小窗戶往裡瞅，只見悉達多仍舊站在那兒，雙臂交叉抱在胸前，一動也沒動，淺色的上衣泛著白光。父親心裡揣著不安，回到了他的床上。

又過了一個鐘頭，老婆羅門還是睜著眼睛睡不著，便再爬起來，在屋裡踱來踱去，然後走到了房子外面，看見月亮已經升了起來。他透過窗戶往屋裡瞅，看見悉達多仍站在那兒一動未動，兩臂抱在胸前，月光照亮了他光光的小腿。父親又憂心忡忡地摸回到了自己床上。

過了一個鐘頭，他又起來一次；再過兩個鐘頭，他又起來了，透過小窗看見悉達多仍站在月光下，站在星光下，站在暗夜裡。一個鐘頭又一個鐘頭過去了，他默默地往屋裡瞅，看見站立者仍然一動未動，心裡不禁充滿了惱怒，充滿了不安，充滿了狐疑，充滿了痛苦。

還過一小時天就要亮了，父親終於返身走進了房間，看見小夥子依然站在那兒，忽然覺得兒子長大了，也變得陌生了。

「悉達多，」他說，「你還在等什麼？」

「你知道。」

「你就這麼一直站著等到天亮，等到中午，等到晚上嗎？」

「我會這麼站著，等著。」

「你會累的，悉達多。」

「我是會累。」

「你會睡著的，悉達多。」

「我不會睡著。」

「你會死的，悉達多。」

「我會死。」

「你寧願死掉，也不聽父親的話嗎？」

「悉達多一直聽父親的話。」

「那麼，你願意放棄自己的打算嗎？」

「悉達多會按父親說的去做。」

第一縷晨光照進了房間。婆羅門父親看到悉達多雙膝微微顫抖，卻發覺悉達多臉上紋絲不動，兩隻眼睛注視著遠方。父親猛然間意識到，悉達多而今已不在他身邊，已不在自己的家鄉，已經離開父親遠去了。

婆羅門父親撫摩著悉達多的肩膀。他說：「你要去森林裡當一個沙門了。要是你在森林裡找到了永恆的幸福，就回來傳授給我。要是你找到的只是失望，就回來再跟我們一起敬奉神靈。去吧，去吻別你母親，告訴她你的去向。我可是到了去河邊完成第一次沐浴的時候啦。」

他從兒子的肩上縮回手，出了房門。悉達多打算往前走，身子卻歪倒了。他控制住身體，向父親鞠了個躬，隨後就去見母親，按照父親的吩咐向她道別。

晨曦中，悉達多邁開麻木而僵硬的雙腿，慢慢離開了依然寂靜的城市。這時，最後一座茅屋旁閃出一個蹲在那兒的人影，成了朝聖者的旅伴——正是果文達。

「你來了。」悉達多微微一笑說道。

「我來了。」果文達說。

與沙門同行

BEI DEN SAMANAS

當天晚上，他倆追上了那幾個苦行僧，那幾個枯瘦如柴的沙門，提出要跟他們同行並且遵從他們的教導。他倆被接納了。

悉達多把自己的衣服送給了街上一個窮婆羅門。他只繫著一條遮羞帶，身上披了條沒有縫過的泥巴色披巾。他每天只進食一次，而且從來不吃煮過的熟食。他齋戒了十五天。他齋戒了二十八天。他腿上和臉上漸漸沒有了肉。在他變大了的眼睛裡，閃爍著熾烈的夢想；在他枯瘦的手指上，長出了長長的指甲；在他的下巴底下，長出了乾枯、蓬亂的鬍子。他遇見女人時目光變得冰冷，他碰到城裡穿戴華麗的人時撇撇嘴表示輕蔑。他看見商賈做買賣，貴族出城打獵，服喪者悼念亡者，妓女搔首弄姿，醫生診治病人，僧侶測算下種吉日，情人卿卿我我，母親給孩子餵奶──這所有的一切，他都不屑一顧，在他眼裡都是欺騙，都是臭哄哄的，都散發著謊言的惡臭；這所有的一切，表面上都好像有意義，都好像幸福、美好，實際上全已經腐爛變質。世界之味苦澀，人生即為磨難。

悉達多面臨著一個目標，唯一一個目標，那就是擯棄渴求，擯棄願望，擯棄夢想，擯棄樂與苦，擯棄所有的一切，以實現自我消亡，達到無我的境界，為變得空空如也的心覓得安寧，在擯棄自我的思索中等待奇跡出現──這就是他的目標。如果整個自我都克服了，死滅了，如果心中的欲望和本能都已沉寂，那麼那個終極狀態，那個無我存在的核心之核心，那個大奧祕就一定會覺醒。

悉達多頭頂直射的烈日默默站著，皮膚灼痛，舌燥口乾，一直堅持站到了不再感覺到疼痛和乾渴。雨季裡，他默默站在雨中，水珠從他的頭髮滴落到冰冷的肩膀上，滴落到冰冷的腰上和腿上，這個贖罪者卻佇立不動，直到雙肩和兩腿不再感覺到寒冷，直到它們變得僵硬，麻木。他默默蹲在荊棘叢裡，灼痛的皮膚淌出了血，潰爛的傷口流出了膿，悉達多木然地待著，一動不動地待著，直到血不再流，直到皮膚不再感到針扎般的灼痛。

悉達多端坐著，修習減少呼吸、略為呼吸以至於屏息斂氣之術。他由練氣開始，進而練習平定心跳，減少心跳的次數，一直堅持練到很少有甚至完全不再有心跳。

在那位最年邁的沙門教誨下，悉達多遵照新的沙門規範，苦修擯棄自我，苦修沉潛禪定。一隻蒼鷺飛過竹林——悉達多將蒼鷺吸入自己的靈魂，飛越森林和群山，他變成蒼鷺吞食鮮魚，像蒼鷺一樣挨餓，跟蒼鷺一樣呱呱啼叫，像蒼鷺一樣死去。沙灘上躺著匹死狼。悉達多的靈魂鑽進這屍骸變成了死狼，躺在沙灘上膨脹，發臭，腐爛，讓鬣狗撕扯成碎塊，被禿鷹啄去皮毛，變成光骨架子，化作灰塵吹散到了原野裡。悉達多的靈魂回到了原處，經過了死亡、腐爛和塵化，嘗到了輪迴那沉鬱卻令人陶醉的滋味，像一名獵手似的懷著新的渴望，期盼著找到逃脫輪迴的缺口，找到種種起因的盡頭，在那兒，會開始沒有了痛苦的永恆。他扼殺了自己的感官，泯滅了自己的記憶，化自我為成千上萬陌生的形象，變成了動物、腐屍、石頭、木頭和水，可每次總是重新甦醒過來，發現太陽或者月亮正當空照著，他重新恢復了自我，又在輪迴中飄飄搖搖，感到了乾渴，克服了乾渴又感到新的乾渴。

悉達多在沙門那兒學會了很多東西，學會了脫離自我的許多途徑。他經歷了透過痛苦摒棄自我之路，自願忍受了痛苦，克服了痛苦，克服了飢餓、焦渴與勞累、疲乏。他經歷了透過冥思苦想摒棄自我之路，做到了無思無念，頭腦空空。他學會了走這樣一些路徑以及其他路徑，千百次地擺脫了他的自我，在無我的境界裡堅持了許多個鐘頭乃至許多天。然而，儘管這些路徑都引導他離開了自我，可終點卻總是又回到了自我。雖然悉達多千百次地從自我逃離，在虛無中流連，在動物、石頭中流連，回歸仍舊無可避免，重新找回自己的時刻總是逃脫不了，在陽光中也罷，在月光下也罷，在樹蔭裡也罷，在淫雨中也罷，他總又變回自己，變回悉達多，重又感受到業已完成的輪迴的痛苦。

在他身邊生活著果文達，他是他的影子，跟他走過了同樣的路徑，經受了同樣的磨難。除了修行和練功所需要的，他倆很少互相講話。有時候，兩人會一起穿過村落，好為自己和老師化緣。

「你怎麼想，果文達？」一次化緣途中，悉達多問道，「你怎麼想，我們進步了嗎？我們達到目標了嗎？」

果文達回答：「我們學會了許多東西，還會學到更多。你會成為一位大沙門，悉達多。每一種功夫你都學得很快，老沙門經常稱讚你。你總有一天會成為聖人，悉達多。」

「我看不是這樣，朋友。」悉達多說，「迄今為止我跟沙門學到的東西，果文達，其實可以學得更快，學得更簡單乾脆。在煙花巷的小酒館裡，朋友，跟車夫和賭徒混在一塊兒，我同樣可以學到。」

「你大概在跟我開玩笑吧，悉達多，」果文達說，「和那些可憐蟲在一起，你怎麼能學會沉思默想，怎麼能學會屏息斂氣，怎麼能學會忍耐飢餓和痛苦呢？」

悉達多自言自語似的輕聲回答：「何謂沉思默想？何謂脫離肉身？何謂齋戒？何謂屏息斂氣？通通不過是逃避自我，不過是短暫地從自我的痛苦中掙脫，不過是對生之痛苦和荒謬的短時間麻醉。這種逃避，這種短時間麻醉，即使趕牛車的車夫在小客棧裡也可以找到，只要他喝上幾杯米酒或者發酵過的椰子汁就行了。然後他就會忘乎所以，就不會再感覺到生活的痛苦，就得到了短暫的麻醉。他喝完米酒便糊里糊塗睡著了，得到的感覺跟悉達多和果文達一樣，可我們呢，卻得經過長期間的苦修才能擺脫自身的軀殼，在非我中逗留。就是這麼回事兒吧，果文達。」

「你怎麼這樣講啊，朋友，」果文達說，「你畢竟知道，悉達多不是趕牛車的車夫，一個沙門也不是酒鬼。酒鬼是可以得到麻醉，得到短暫的逃避與休息，但當他從幻覺中醒來時，就會發現一切仍是老樣子，他並沒有變得聰明些，沒有增加知識，沒有登上更高的臺階。」

悉達多微微一笑，回答說：「這我不知道，我從來沒做過酒鬼。可是我，悉達多，我在苦行與潛修中只得到了短暫的麻醉，而距離智慧、距離獲得救贖仍然極其遙遠，跟我還是個母體中的胎兒一樣遙遠，我知道這點，果文達，哦，就知道這點。」

後來又有一次，悉達多與果文達離開了苦修的森林，到村子裡去為他們的師兄師弟和師傅乞討食物，悉達多又開了口：

「現在怎麼樣，果文達，或許我們走對路了吧？或許我們已接近認知了吧？或許已接近獲得救贖了吧？抑或我們說不定仍在原地轉圈兒——卻自以為已經逃脫了輪迴呢？」

果文達回答：「我們學到了很多東西，悉達多，可還有很多東西要學。我們不是原地兜圈子，而是在往上走，這圓圈是個螺旋，我們已經上了好幾級臺階。」

「我們那位最年長的老沙門，那位可敬的老師傅，你說他大概多少歲了？」悉達多問。

「大概六十歲了吧，我們那位最年長的老沙門。」果文達回答。

「他已經六十歲了，還沒有達到涅槃，」悉達多說，「他可能會活到七八十歲，而你和我呢，我們也同樣會老到七八十歲，我們將不斷苦修，不斷齋戒和沉思禪定。可是我們都不可能達到涅槃，他不行，我們也不行。哦，果文達，我相信，所有沙門中大概沒一個能達到涅槃。我們找到了安慰，獲得了麻醉，學會了種種自我迷惑的技巧。但重要的是那條路中之路，我們沒法找到。」

「請你別講這麼駭人聽聞的話好不好，悉達多！」果文達說，「這麼多有學問的人，這麼多婆羅門，這麼多嚴肅和可敬的沙門，這麼多孜孜不倦、全心全意、高尚聖潔的求索者，他們中怎麼就沒有一個能找到那條路中之路呢？」

誰知悉達多卻用一種既哀傷又嘲諷的聲調，嗓音低沉而憂傷地，稍稍帶著一點兒譏諷地回應道：

「果文達，你的朋友即將離開這條跟你一起走了這麼久的沙門之路。我忍受著焦渴啊，果文達，在這條漫長的沙門之路上，我的焦渴未有絲毫緩解。我一直渴求知識，一直充滿疑問。年復一年，我請教婆羅門；年復一年，我請教神聖的吠陀；年復一年，我請教虔誠的沙門。噢，果文達，說不定我去向犀鳥或者黑猩猩求教，也同樣有益，也同樣聰明，也同樣見效吧。噢，果文達，我耗費了這麼多時間，現在仍沒完沒了地繼續耗費著，結果學到的只是：沒有什麼東西可學！因此我相信，實際上並不存在我們所謂的『修行』這回事兒。噢，朋友，只有一種知識無處不在，它就是阿特曼；它在我身上，也在你身上，它在每一個存在物身上。所以，我開始相信：這種知識的死敵正是求知的欲望，正是修行。」

果文達一聽停下了腳步，高舉起雙手說道：「悉達多，你別用這種話嚇唬你的朋友好不好！真的，你的話在我心中引起了恐懼。你想想，假如真像你說的那樣，如果真的沒有了修行，那麼哪裡還有祈禱的神聖，哪裡還有婆羅門種姓的尊嚴，哪裡還有沙門的神聖呢?!如此一來，噢！悉達多，世間神聖的、寶貴的和崇高的所有的一切，將會變成什麼啊?!」

說罷，果文達喃喃地念起詩來，念的是奧義書裡的兩行：

誰沉思默想，心靈純淨，沉潛於阿特曼，

他心中便充滿天國幸福，妙不可言傳。

可悉達多沉默不語。他思考著果文達對他說的話，從頭到尾把它琢磨了一遍。

他低頭站在那兒，心裡想：是啊，我們感到神聖的一切，還會剩下什麼呢？有什麼留下來呢？有什麼經得住檢驗呢？他搖了搖頭。

後來，兩個年輕人和三位沙門一起生活，一同苦修了將近三年，突然有一天，從某處傳來了一則消息，一個流言，一個道聽塗說：一個名叫喬達摩的人，一位高僧，一位佛陀，終於出現了；此人克服了存在於自己身上的塵世之苦，終止了再生之輪的旋轉。他正帶領著徒眾雲遊四方，既沒產業，也沒家園，也沒妻室，隻身披著苦行僧的黃色披風，額頭開朗明亮，如同一位聖人，婆羅門貴族和王公大臣都對他恭恭敬敬，願意做他的弟子。

這個說法、這個流言、這個傳聞沸沸揚揚地四處流播，城裡的婆羅門在講，森林裡的沙門在講，於是佛陀喬達摩的大名也一次又一次地傳到了兩個年輕人的耳朵裡，有說好的，有說壞的，有的表示讚揚，也有的表示不屑。

恰似一個國家瘟疫橫行，這時忽然傳來消息，某某地方出了一位高人，一位智者，一個行家，他的話語和氣息就足以治好每一個遭到瘟疫侵襲的人，於是消息迅速傳遍全國，人人都在談論他，很多人相信，很多人懷疑，還有很多人即刻動身去尋訪這位高人和救星。有關出身釋迦牟尼家族的佛陀喬達摩的美好傳聞也就這樣，在全國迅速地傳開了。信眾們都說，他已經掌握最高的知識，能夠回憶起自己前世的事情，他已經快達到涅槃，永遠不會再回到輪迴之中，永遠不會再墮入芸芸眾生的濁流。到處都傳說著他那些不可思議的嘉言懿行，講他創造了奇跡，制服了妖魔，曾跟神靈們對話。他的敵人和懷疑者卻說，喬達摩此人是個自命不凡的騙子，過著富裕舒適的生活，藐視祭祀，不學無術，既不懂修行也不知清心寡欲。

關於佛陀的傳聞悅耳動聽，從中散發出迷人的香味。這個世界真是病啦，生活讓人難以忍受——可是瞧，這裡好像湧出來一股清泉，這裡好像響起了一聲天使的呼喚聲，聲音溫柔而給人撫慰，充滿著高雅的承諾。關於佛陀的故事到處傳播，印度各地的年輕人都側耳傾聽，翹首盼望，都感覺有了希望。任何一個朝聖者和任何一個遊方僧人，只要他們能帶來有關佛陀，有關那位高士，有關那位釋迦牟尼的消息，都會在城鄉的婆羅門子弟當中受到熱烈歡迎。

消息也慢慢地，點點滴滴地，傳到了森林裡的沙門那兒，傳到了悉達多和果文達耳中；每一滴都飽含著希望，只是也都包含著疑問。他們之間很少談論這件事，因為老沙門不喜歡這個傳聞。他聽說，那所謂佛陀也曾是個苦行僧，在森林裡修行過，後來卻回過頭去過上了尋歡作樂的舒適生活，對這麼個喬達摩，老沙門他壓根瞧不起。

「噢，悉達多，」果文達一天對他的朋友說，「今天我到了村子裡，一位婆羅門請我去了他家；他家裡有個從摩揭陀[11]回來的婆羅門子弟，此人親眼見過那位佛陀，聆聽過佛陀的教誨。說真話，當時我激動得氣都喘不過來，心中暗想：但願我，但願我倆，但願悉達多和我，也有機會經歷這樣的美好時光，也有機會聆聽這位完人的親口教誨！你說，朋友，我們要不要也去那兒，也去聽佛陀親口講經呢？」

「哦，果文達，」悉達多說，「我一直以為果文達會留在沙門這兒，一直以為果文達立志活到六十歲、七十歲，始終學習那些沙門裝點門面之術和修行呢。可你瞧，我太不瞭解果文達，我對他的心思知道得太少。喏，老朋友，這麼說你也想走一條新路，上佛陀布道那個地方去囉。」

「你喜歡諷刺人，」果文達說，「就隨你諷刺吧，悉達多！不過，你心中不是也渴望，也很想很想去聆聽佛陀的教誨嗎？你不是曾經跟我說過嗎，這沙門之路你不會再長時間走下去了？」

這時悉達多笑了笑，以他特有的方式笑了笑，語氣裡帶著一絲悲哀，一絲嘲諷，他說道：「不錯，果文達，你說得不錯，你記得很清楚。但願你也記得你聽我說過的其他一些話，那就是我對聆聽布道和修行已經懷疑和厭倦了，我對老師們灌輸給我們的那些話已經缺乏信仰。好吧，親愛的，我準備好去聆聽教誨——儘管我心裡確信，我們已經嘗過那種教誨的最甜美的果實。」

「你決心去我很高興，」果文達說，「可是你倒說說看，這怎麼可能呢？在聆聽喬達摩的教誨之前，它怎麼就可能給我們結出最甜美的果實來呢？」

「噢，果文達，」悉達多回答，「我們還是先去品味果實，其他就耐心等

11 編註：Magádha，古印度王國之一，位於恆河中下游、今印度東部一帶。釋迦牟尼一生行跡多在此地。

待吧！我們可是現在就該感謝喬達摩，因為他讓我們品味的果實就是促使我們脫離了沙門！至於他是否還會給我們別的更好的果實，噢，朋友，我們就靜下心來等待吧。」

就在當天，悉達多告訴老沙門，他已經決定要離開他。他語氣態度謙遜有禮，合乎自己晚輩與弟子的身分。可是老沙門一聽兩個徒弟要離開他便勃然大怒，說起話來大聲武氣，還用了一些罵人的粗話。

果文達嚇壞了，不知如何是好，悉達多卻把嘴湊到他耳邊低聲說：「現在我要讓這個老頭瞧瞧，我在他這兒到底學到了什麼。」

說著他走到老沙門面前，力圖聚斂起心靈的力量，用自己的目光捕捉住老沙門的目光，以此蠱惑住他，使他出聲不得，喪失了自己的意志，聽任悉達多隨意擺布，默默地做悉達多要他做的事情。老頭果然默不作聲，眼神呆滯，意志癱瘓，胳臂也耷拉了下來，面對悉達多的法術無能為力。悉達多的意念卻完全控制了他，使他不得不執行他的命令。如此一來，老沙門只好連連鞠躬，做出一個個祝福的手勢，結結巴巴地說著「一路順風」之類的送行祝願。兩個年輕人也鞠躬答謝老人的送別和祝願，一邊行禮一邊離開了他們的修行地。

半路上，果文達說：「哦，悉達多，你從沙門那兒學到的東西比我瞭解的要多啊。要想蠱惑一位老沙門，可是很困難啊，十分困難啊。真的，要是你留在那兒，你很快就能學會在水面上行走的本領！」

「我才不稀罕在水面上行走，」悉達多回答，「讓那些老沙門去為有這樣的本領沾沾自喜吧！」

喬達摩

GOTAMA

在舍衛城[12]，每一個孩子都知道佛陀喬達摩這位尊者的名字，家家戶戶都隨時準備接待喬達摩的弟子，給這些默默無語的化緣者那乞求布施的碗裡裝滿食物。佛陀喬達摩最喜歡住的地方離城不遠，就是祇園精舍[13]。它是佛陀的一位忠實崇拜者，富商給孤獨[14]送給他和他門徒們的禮物。

兩個年輕的苦行僧一路尋來，按照眾人的回答和指引來到了喬達摩住的這個地區。他們一進舍衛城，就在第一家屋門前停下來化緣，並得到了食物。悉達多問遞給他們食物的婦女：「敢問女施主，世尊佛陀他住在哪兒？我們是來自森林的沙門，想來見至尊至善的佛陀，聆聽他的親口教誨。」

「來自森林的沙門，」那婦人回答，「你們來這裡算找對了地方。佛陀就住在祇陀林，住在給孤獨的精舍裡。你們兩位朝拜者可以在那兒過夜，那裡有足夠的地方，接待無數蜂擁而來聽他講經的人。」

果文達一聽高興得不得了，歡呼道：「太好啦，我們已經到達目的地，我們的路總算是走到頭了！可是朝拜者的母親啊，請你告訴我們，你認識佛陀嗎？你親眼見過他嗎？」

「我見過佛陀好多次，」婦人說，「在許多日子裡都見到過他，見他披著黃披肩默默地穿街走巷，默默地停在各家各戶門前，遞上他乞求布施的碗缽，

12 古印度佛教聖地，相傳為佛陀釋迦牟尼居停和講經說法地。

13 編註：全稱「祇樹給孤獨園」（Jetavana-vihāra），位於舍衛城南郊，由祇陀太子貢獻林地（祇陀林），富商給孤獨興建林苑，獻給釋迦牟尼講經說法。

14 編註：古印度富商，本名須達多。因樂善好施，常為孤苦、獨夫等無依者施捨，而有『給孤獨』之名。

再端著盛滿食物的碗缽離去。」

果文達入迷地聽著，還想接著再問接著再聽，可悉達多卻提醒他繼續前進。他們道過謝便走了，此後幾乎用不著再問路，因為路上有不少朝拜者和喬達摩的弟子，都在趕往祇陀林。他們晚上到了目的地，看見不斷有一批批尋找住處的人到達，喊叫聲和講話聲一片嘈雜。兩個沙門過慣了露宿森林的生活，很快便不聲不響地找好了棲息處，一覺睡到了第二天早上。

朝陽升起時他們才驚訝地發現，在此過夜的信徒和趕熱鬧的人竟如此眾多！美麗林苑的所有大道小徑上，都有穿著黃色僧衣的僧人走來走去。他們東一群西一堆地，不是在樹下靜靜打坐，就是進行教義的討論。這些濃蔭匝地的花園看上去就像一座城市，城裡像蜜蜂麇集一般擠滿了人。大多數的僧人正拿著化緣缽往外走，準備去城裡乞討他們每天唯一吃的那頓午餐。就連佛陀本人，就連這位世尊，也通常是早上出去化緣。

悉達多見到佛陀，一下子就認出了他，彷彿有神靈指點一樣。他端詳著佛陀，見他是個身穿黃色僧衣的平凡男子，手捧著化緣缽，靜靜地走了過去。

「快看這邊！」悉達多小聲招呼果文達，「這人就是佛陀。」

果文達仔仔細細打量這個身穿黃色僧衣的僧人，似乎覺得他跟其他成百上千個僧侶毫無一點區別。但是果文達卻很快認出來：此人就是佛陀。於是他倆便尾隨在他身後，邊走邊仔細地觀察他。

佛陀謙卑地自顧自走著，陷入了沉思之中，平靜的面容既無喜又無憂，似乎在靜靜地向著他們微笑。他面帶隱約的笑容，神色寧靜、安詳，頗像一個健康的孩子；他步態從容，身穿僧衣，跟他所有的門徒一樣遵循著嚴格的規矩。他的面容和步履，他靜靜地低垂著的眼眸，他靜靜地垂下的雙手，還有這靜靜垂著的手上的每一根指頭，都顯示出寧謐，顯示出圓滿；他無欲無求，不刻意仿效什麼，呼吸始終保持柔和、平勻，精神處於一種不破不敗的安寧之境，光明之境，和平之境。

為了化緣，喬達摩就這樣漫步朝城裡走去。兩個沙門單從他那儀態的沉靜安詳，端莊肅穆，無欲無求，自然隨性，便認出了他來；他身上能見到的只是光明與和平。

「我倆今天就要聽他親口講經了，」果文達說。

悉達多沒答話。他對經義不怎麼有興趣，不相信講經能教給他新東西。他和果文達一樣，可是早就反覆多次聽說過這位佛陀講經的內容，儘管那都是來自第二手和第三手的報告。他倒是認認真真地觀察喬達摩的頭、肩、腳以及他肅然垂著的手，覺得這隻手每根手指的每個關節都有學問，都會說話，都在呼吸，都散發出芳香，都閃耀著真理的光輝。這個人，這位佛陀，他道地、真實到了他那小指頭兒的一靜一動。這個人是位聖者。悉達多從來不曾像敬重他一般敬重任何人，從來不曾像愛他一般愛任何人。

兩個小夥子跟著佛陀走到城邊就默默返回去了，他們打算今天戒食。他們看見喬達摩回來了，看見他跟弟子們圍成一圈進食——他吃的東西，恐怕連一隻鳥兒都餵不飽；他們看見他回到了芒果樹的濃蔭下。

入夜，暑熱消退，林苑裡到處都活躍起來，大家聚到一起聽佛陀講經。他們聽著佛陀的聲音，這聲音也圓潤完美，飽含著寧靜，充滿著和平。喬達摩闡述痛苦的意義，闡明痛苦的根源，揭示消除痛苦的途徑。他娓娓的講述澄澈如水，似小溪般緩緩流淌。他說生即是苦，世界充滿苦難，但是可以找到解脫痛苦的方法：誰走佛陀之路，誰就會獲得解脫。

佛陀嗓音柔和而堅定地講述著，闡明何謂四諦，何謂八道[15]。他耐心地堅持以慣用的說理、舉例和重複的方式講述著，聲音洪亮而寧靜地迴響在聽眾頭頂上，好似一片亮光，一片星空。

夜深了，佛陀結束講經，這時幾個新來者走上前去請求加入團體，皈依佛理。喬達摩接納了他們，說道：「你們大概都聽了我講經，已經有所領悟。那

[15]「四諦」是原始佛教關於人生為何具有苦惱和如何擺脫苦惱的四大真理，即：苦諦、集諦、滅諦、道諦。八道：正見、正思惟、正語、正業、正命、正精進、正念、正定。

就加入進來，步入神聖的殿堂，結束一切痛苦吧。」

瞧啊，生性羞澀的果文達這時也走上去說：「我也願意皈依尊者您和您的學說。」他請求佛陀收自己為弟子，隨即也被接納了。

接著，佛陀退下去就寢，果文達轉過來對悉達多急切地說道：「悉達多，我本不該責怪你。我倆都聽了佛陀講經，都聽到了他的教誨。果文達聽了就皈依了它。可是你呢，我尊敬的人，難道你就不想走這條解脫之路嗎？難道你還要猶豫，還要等待嗎？」

聽了果文達的話，悉達多如夢初醒。他久久凝視著果文達的臉，然後語氣中毫無諷刺意味地低聲說：「果文達，我的朋友，現在你邁出了自己的步子，你選擇了自己的道路。噢，果文達，你一向是我的朋友，一向對我亦步亦趨。我常想：沒有了我，果文達會不會有朝一日也出於自己的意願獨自邁步呢？瞧，現在你成男子漢啦，自行選擇了你的道路。但願你把這條路走到底，我的朋友！但願你能獲得解脫！」

果文達還沒有完全明白悉達多的意思，又用不耐煩的口氣重複自己的提問：「你倒是說呀，求求你，親愛的朋友！告訴我，怎麼就不能不這個樣子，你，我的博學的朋友，怎麼就不能也皈依可敬的佛陀呢？」

「你沒聽明白我的祝願，果文達，」悉達多把手搭在果文達肩上說，「我再重複一遍：但願你能把這條路走到底！但願你獲得解脫！」

此刻果文達才看出來，他朋友的心已經離他而去，便哭了起來。

「悉達多！」他哀號著。

「別忘了，果文達，」悉達多撫慰他說，「現在你已是皈依佛陀的沙門！你已誓言拋棄故鄉和父母，拋棄出身和種姓，拋棄自己的意願，拋棄友情。教義如此要求，佛陀如此要求。你自己也願意如此。明天，噢，果文達，我就要離開你了。」

朋友倆還在小樹林裡轉悠了很久，躺在床上也久久未能入眠。果文達再三追問他的朋友，要他告訴他為什麼不肯信奉喬達摩的學說，他在這一學說中發現了什麼缺陷。可悉達多每次都回答：「算了吧，果文達！佛陀的教誨非常好，叫我怎麼發現它的缺陷呢？」

翌日清晨，佛陀的一個弟子，一個年長的和尚，跑遍林苑各處，把所有新皈依的門徒都召集到身邊，讓他們穿上黃色的僧衣，給他們講解了基本的教規，以及他們這個等級的職責義務。這時果文達又跑回來，再一次擁抱自己兒時的好友，然後便加入了試修僧人的行列。

悉達多卻漫步林苑，思緒聯翩。

正巧這時喬達摩迎面走來，悉達多滿懷敬畏地向佛陀致意，見佛陀的目光滿是仁慈與安詳，年輕人就鼓起勇氣，請求佛陀允許自己跟他談一談。佛陀默默地點頭表示同意。

「哦，尊敬的佛陀，」悉達多說，「昨天我有幸聆聽您精妙的講經。我和我的朋友老遠趕來，就是要聆聽您的教誨。而今我的朋友已決定留下來，皈依在您身邊，可我卻要重新踏上旅程。」

「悉聽尊便。」佛陀彬彬有禮地回答。

「我的話太狂妄，」悉達多繼續說道，「可是，在把我的想法坦誠地告訴他之前，我不想離開佛陀。能不能勞駕佛陀您再聽我講一會兒呢？」

佛陀默默點頭同意。

「最最尊敬的佛陀呀，」悉達多說，「您的教誨有一點我最佩服。就是您教誨的一切都清清楚楚，確鑿無疑，您把世界比作一圈永不斷裂的鏈子，一圈因和果連接成的永恆的鏈條。從來沒誰闡釋得這麼清楚，這麼無可辯駁；聽了你視世界為一個完整的關聯體，沒有缺陷，透明如一塊水晶，不依賴偶然，不仰賴神靈的教誨，每一個婆羅門的心，真的，都會在體內跳得更加強勁。不管世界是好是壞，塵世生活是苦是樂，都隨它去，也許這並不重要——但是，世界一體不可分割，一切事物相互關聯，大小事物都包含在同一潮流中，誕生、發展和死亡都遵循著同一規律，所有這些，都已為您的崇高教誨闡明了，至尊的佛陀啊。只不過呢，按照您自己的說教，這一萬物的一體性和連續性卻在一個地方斷裂開了，透過這個小小的裂口，某種陌生的東西，某種新的東西，某種以前沒有也不能顯示和不能證明的東西湧入了這一體的世界：這小小裂口就是您關於超越塵世、獲得解脫的教誨。可就是這小小的缺口，就是這小小的斷裂，又整個破壞和瓦解了永恆和一體的世界法則。佛陀，但願您能原諒我，原諒我這樣質疑您的學說。」

佛陀靜靜地聽他說，一動也沒動。然後，他語氣和藹、禮貌而又清晰地說道：「婆羅門之子啊，難得你聽我講經之後做了這麼深入的思考。你發現了其中的一道裂縫，一個缺陷。但願你繼續思考下去。可是我要警告你，好學深思的人，你得警惕眾說紛紜和言語之爭。問題不在於有各種各樣的意見，美也罷，醜也罷，聰明也罷，愚蠢也罷，每個人都可以擁護它們，或者摒棄它們。可是你從我這兒聽到的教誨，並不是我的意見，其目的也不在於給求知者解釋這個世界。它的目的另有所指，它的目的是教人解脫痛苦。這就是喬達摩講授的內容，除此無他。」

「噢，尊者，但願您別見怪，」年輕人說，「我剛才對您那麼講，不是要跟您爭論，不是做言詞之爭。您講的確實有道理，眾說紛紜沒多人意義。不過請讓我再對你說明一點：我一刻也不曾懷疑過您。我一刻也不懷疑您就是佛陀，不懷疑您已達到目的，已達到成千上萬婆羅門和婆羅門子弟止在努力追求的那個至高無上的目的。您已經找到擺脫死亡之道。它是您由於自身的探索，遵循自己的途徑，就是透過思索、透過禪定、透過認識、透過證悟所獲得的。您獲得它不是透過講經傳道！這就是我的想法——噢，佛陀。沒有誰能夠透過講經傳道獲得解脫！哦，尊者，沒有誰您能用話語和講經來告訴他，在您大徹大悟的時候發生了什麼！大徹大悟的佛陀的教誨內涵豐富，它教眾人正確地生活，不做惡事。但是有一點，卻沒有包含在如此明晰、如此莊嚴的教誨裡面：它沒有包含佛陀自身經歷的祕密，在千千萬萬人中唯有他一個人經歷的祕密。這就是我在聽您講經時的想法和認識。這就是我要繼續漫遊的原因——倒不是為了去尋找一種另外的學說，一種更好的學說，因為我知道並不存在那樣的學說，而是為了脫離一切學說和一切老師，獨自去達到我的目標，或者死去。然而我會常常想到這一天，想到這一時刻，佛陀，因為我親眼見到了一位聖者。」

佛陀兩眼平靜地注視著地面，恬淡寧靜的面孔容光煥發，高深莫測。

「但願你的想法沒有錯！」佛陀緩緩地說，「但願你能達到目的！可是請告訴我：你是否見到了我那一大群信徒，我那許多的兄弟，他們可都已皈依了我的學說？素昧平生的沙門呀，你是否以為，所有這些人也最好拋棄我的學說，重新回到享樂縱欲的世俗生活中去呢？」

「我遠遠沒有這樣的想法，」悉達多叫起來，「希望他們全都堅持信奉您的學說，全都達到自己的目標！我無權對別人的生活做出評判！我只需要為我，對我自己一個人做出判斷，做出選擇，做出捨棄。我們沙門都尋求擯除自我，佛陀。設若我是您的一名弟子，至尊的佛陀，那我就擔心會發生這樣的情況：我的自我只是表象地、虛假地得到了安寧和解脫，實際上它卻繼續活著並在長大，因為將來我會有自己的學說，有我的追隨者，會有我對您的愛，會使僧團變成為我的自我！」

喬達摩似笑非笑，以不可動搖的明澈和友善的目光，注視著陌生青年的眼睛，用一個幾乎看不見的手勢告別了他。

「你很聰明哦，沙門，」佛陀說，「你話講得很聰明，我的朋友。可當心別聰明得過了頭！」

佛陀飄然走了，他的目光和似笑非笑的面容，卻永遠銘刻在了悉達多的記憶裡。

我還從來沒見過誰像他這樣顧盼、這樣微笑、這樣坐著、這樣行走，悉達多想。真的啊，我希望自己也能這樣顧盼和微笑，這樣端坐和行走，如此自由自在、如此端莊可敬、如此深沉、如此坦蕩、如此單純卻又神祕莫測。真的啊，一個人只有洞悉了自我內心深處的奧祕，才能這樣顧盼、這樣行走。是的，我也要努力洞悉自己的內心深處。

悉達多想，我見到了一個人，一個我在他面前不得不垂下眼簾的人。在其他任何人面前，我不想再低眉順眼了，絕對不想。這個人的學說都沒能吸引住我，就不會有任何學說能再吸引我。

這位佛陀奪走了我一些東西，悉達多想，他是剝奪了我什麼，可賜予我的卻更多。他奪走了我的朋友，這個朋友原來聽我的，現在卻信奉了他；原來是我的影子，現在卻成了他的影子。然而他把悉達多送給了我，把我自己，送給了我。

覺醒

ERWACHEN

悉達多離開佛陀喬達摩住在裡面的林苑，離開他的朋友果文達留在裡面的林苑，他這時覺得好像把自己以往的生活也拋在身後，與之徹底決裂了。他慢慢走著，邊走邊思索這種充滿他身心的感受。他沉思著，好像潛入一片深潭似的沉潛到了這一感覺的底部，一直到了它根由之所在，因為他覺得，思考正是要認識事物的根由，只有認識事物的根由，感覺才能上升為認知，才不至於迷失，才會變為實體，開始放射出內在的光彩。

悉達多一邊沉思，一邊緩緩前行。他發覺自己已不再是個年輕小毛頭，而已成為一名成年男子。他發覺自己就像蛇蛻了一層老皮似的丟掉了一樣東西，這東西一直屬於他，陪伴了他整個青少年時代，現在卻已不復存在了：就是拜師求教的願望。在他人生道路上出現的最後一位老師，那最高貴、最聰明的老師即這位佛陀，他同樣不得不離開他，與他分道揚鑣，沒辦法受他的教誨。

這位思索者走得更慢了，邊走邊問自己：「可你原本想透過修行從老師們那兒學到什麼呢？那些曾經教過你的人無法教給你的東西又是什麼呢？」他找到了答案，「那是自我，我想學的就是自我的意義和本質。我要擺脫和克服的就是自我。但是我沒法克服自我，只能矇騙自我，只能在它面前逃走，只能在它面前躲起來。真的，世間萬物沒有什麼像我這個自我一般讓我費盡心思，它就是這麼一個謎：我為什麼活著，並且是區別於其他所有人的一個人，為什麼我是悉達多！而世間萬物，我最不瞭解的卻莫過於我自己，莫過於悉達多！」

緩步前行的思考者停住腳步，完全被這個想法給迷住了，接著從這個想法又蹦出另一個想法，一個新的想法，就是：「我對自己一無所知，對悉達多始終極為陌生，很不瞭解，究其原因只有一個，唯一一個：我懼怕自己，逃避自己！我尋求阿特曼，我尋求梵，我情願分割和剝離自我，以便在不為人所知的內心深處找到一切皮殼的內核，也就是找到阿特曼，找到生活，找到神性，找到終極意義。誰知這樣一來，我卻自我迷失了。」

悉達多抬眼環顧四周，臉上慢慢綻露出了笑容，一種大夢初醒的感覺浸透了他全身，從頭頂直到腳趾。他馬上又邁開大步向前走，跑步向前走，如同一個清楚知道自己要去做什麼的男子漢。

「哦，」他長長舒了一口氣，心想，「現在我不願再讓悉達多逃離我！不願再用阿特曼和塵世的苦難，做為我思考和生活的出發點。我不願再殺戮和肢解自己，以便在殘骸後面發現一個祕密。我不想再學《夜柔吠陀》[16]，不想再

16《夜柔吠陀》與下文《阿闥婆吠陀》均為印度教經典，與《梨俱吠陀》、《娑摩吠陀》一起組成最古老的吠陀本集，通稱「四吠陀」。

學《阿闥婆吠陀》，不想再當苦行僧，也不想再信奉什麼教義。我要學習我自己，當自己的學生，我要瞭解我自己，瞭解悉達多的祕密。」

他環視四周，就好像第一次睜眼看世界。世界多麼美好，多麼五光十色，多麼奇妙迷人！眼前有藍色，有黃色，有綠色，雲天在飄移，河水在流動，森林高高佇立，山嶺靜靜聳峙，一切都那樣美麗，那樣神祕和充滿魔力，而他悉達多置身其中，是個正在覺醒的人，是個正在走向自我途中的人。所有這一切，這黃色和藍色，這河流和森林，第一次透過眼睛映入了悉達多心中，不再是魔羅[17]的法術，不再是摩耶[18]的面紗，不再是世間萬象無意義的、偶然的紛然雜存，不再受鄙棄繁複多樣、尋求和諧一體的婆羅門沉思者的輕視。藍色即藍色，河流即河流，即便在悉達多眼裡，藍色與河流也蘊涵著同一性和神性，神性的存在方式和意義正體現於此，這裡是黃色，藍色，那裡是天空，森林，悉達多就在這裡。意義和本質並不在事物背後的什麼地方，而就在事物內部，在萬事萬物內部。

「我曾經多麼麻木不仁啊！」這個匆匆前行的人心裡嘀咕。「一個人讀一篇經文，探尋它的含義，他就不會藐視那些詞語和字母，稱它們為假象、偶然和沒有價值的皮殼，而是要仔細閱讀它們，鑽研和熱愛它們。可我呢，我想閱讀世界這本書，閱讀我自身存在這本書，卻為了迎合一個預先臆測的含義而輕視這些詞語和字母，稱現象世界為假象，稱自己的眼睛和舌頭為偶然和無價值的現象。不，這已經過去了，我已經甦醒過來，我確實已經覺醒，今天才剛剛獲得新生。」

悉達多這麼想著想著，又一次突然停下了腳步，就好像有一條蛇橫躺在他面前的路上。

原因是他一下子恍然大悟：他確實是個覺醒者或新生者，他必須完全從新

17 魔羅或摩羅，印度教信仰中的魔、魔鬼。魯迅所著《摩羅詩力說》中，以摩羅為反叛詩人的化身。

18 摩耶，印度教信仰中的幻境女神，也是吉祥天女的別稱。

開始自己的生活。當天早上他離開祇陀林，離開佛陀的精舍的時候，他已經開始覺醒，已經走在通向自我的路上，那時他的意圖是，也理所當然的應該是：在經過多年苦修之後，他要返回自己的故鄉，返回到他的父親身邊去。可是現在，就在他彷彿眼前橫著一條蛇似的突然停住腳的這一瞬間，他卻又清醒地意識到：「我不再是原來的我，不再是個苦行者，不再是個僧人，不再是個婆羅門。我回到家裡，回到父親身邊，又能做什麼呢？鑽研？祭祀？打坐？沉思？這一切都過去了，這一切都不再是我的途經之地。」

悉達多一動不動地站著，在一瞬間，在一次呼吸之間，他的心冷如寒冰，就像一隻看見自己形隻影單的小動物，一隻鳥兒或者一隻兔子，他突然感到自己的心在胸口中凍僵了。他多年來漂泊四方卻無所感覺，而今他的這個感覺甦醒了。即使在早已成為過去的苦行潛修中，他依然是他父親的兒子，是位種姓高貴的婆羅門，是個有教養的知識分子。現在，他只是悉達多，只是一個覺醒者，除此之外什麼也不是。他深深吸了一口氣，在一瞬間感到渾身發冷，脊背寒慄。沒有誰像他這麼孤獨。沒有一個貴族不屬於貴族的圈子，沒有一個工匠不與工匠為伍，可以在同類那兒找到依靠，可以分享他們的生活，說他們的語言。沒有一個婆羅門不被視為婆羅門，和婆羅門在一起生活；沒有一個苦行僧不以沙門階層為歸屬，即使是森林中與世隔絕的隱士，也並非孤零零的一個人，也為自己的歸屬感所環繞，也屬於一個階層，這便是他的精神家園。果文達當了僧人，上千的僧人都是他的弟兄，都穿與他同樣的衣服，都信奉與他同樣的信仰，都講與他同樣的語言。可他悉達多呢，何處是他的歸屬？他將分享誰的生活？他將說誰的語言呢？

打這一刻起，他周圍的世界消失了，他像夜空中的孤星似的站在裡面的廣袤世界消失了。打這一刻起，悉達多浮出了寒冷和沮喪的冰水，凝聚成了比先前任何時候都更加堅強的自我。他感覺，這便是覺醒的最後一下寒顫，新生的最後一次痙攣。接著他重又邁開大步，急匆匆地迅速朝前走，不再是回家，不再是去父親那兒，不再走回頭路。

第二部

獻給我遠在日本的表弟，威廉·衮德爾特[19]

珈瑪拉[20]

KAMALA

悉達多在他的路上每走一步，都學到新的東西，因為世界變了，世界的變化令他心醉神迷。他看見太陽從林木茂密的群山上升起，又在遠方的棕櫚海灘後落下。他看見夜空中星羅棋布，彎月如一葉小舟在藍天中遊弋。他看見樹木、星斗、動物、白雲、彩虹、岩石、野草、鮮花、小溪與河流，看見清晨的灌木

19 編註：Wilhelm Gundert，德國東亞學者，主要研究日本與中國的佛教文獻，以其對禪宗公案集《碧巖錄》的翻譯工作最受重視。曾以傳教士的身分前往日本，並於東京、熊本、水戶等地的大學教授德語。

20 編註：Kamala，梵語意為「蓮花」，也是吉祥天女的別名之一，或有渴望、愛慾的含意。

叢中露珠閃爍，遠方的高山泛著淡藍色和灰白色的光，聽見百鳥啼鳴，蜜蜂嚶嚶嗡嗡，清風颯颯颯地吹過稻田。這一切的千變萬化，五彩繽紛，一直存在在那裡，日月總在照耀，河水總在喧騰，蜜蜂總在嗡嗡嚶嚶，然而從前，這一切只像一片呈現在悉達多眼前的輕紗，虛無縹緲，似真若幻，帶著懷疑細細一瞧，就註定要被思想穿透和消解，因為它們並非本質，本質處於他可見的那一邊。而今，他得到解放的眼睛停留在這一邊，看見和認出了可見的東西，在這個世界上尋找家園，不是探究本質，目標不對著那一邊。世界將是美好的，只要你就這麼看它，不作探究地看它，單純地、天真地看它。月亮和星星美麗，小溪和河岸美麗，還有森林和山岩，山羊和金龜子，鮮花和蝴蝶也都美麗。這樣漫遊世界，這樣天真地、清醒地、心胸開闊地、坦誠而無戒心地漫遊，世界的確美好又可愛。讓太陽直曬頭頂別有一番滋味，在樹蔭下乘涼別有一番滋味，小溪和池塘中的水喝起來別有一番滋味，南瓜和香蕉吃起來別有一番滋味。白天顯得短促，夜晚顯得短促，每一個小時都匆匆即逝，如同大海上駛過的一張帆，帆下面是一艘滿載珍寶和歡樂的船。悉達多看見一群猴子在高高的樹梢上遊蕩，在枝椏間嬉戲，並且聽見它們野性的、貪婪的啼聲。悉達多看見一隻公羊追著一隻母羊與之交媾。傍晚，在一片蘆葦蕩裡，他看見梭子魚餓得捕食小魚，成群的小魚被它追得撲騰翻滾，驚恐萬分地躍出水面，形成銀光閃閃的一片。凶猛的捕食者攪起一陣陣漩渦，漩渦中噴發出激情和力量的芳馨。

一切原本如此，只是他從前視而不見，因為他心不在焉。現在他成了有心人，他已是其中一分子。光和影映入了他的眼睛，星星和月亮映入了他的心田。

在路上，悉達多又想起在祇園精舍經歷的一切，想起在那兒聽過的教誨，想起神聖的佛陀，想起他與果文達的話別，想起他與那位尊者的談話。他回憶自己當時對佛陀講過的話，想起他講的每一句話，驚訝地發現自己居然講了當時他還根本不知道的事情。他對喬達摩說，佛陀的珍寶和祕密並非學問，而是佛陀在證悟時體驗到的不可言傳和無從傳授的東西——這也正是他現在準備體驗，開始體驗的東西。現在他必須體驗自我。他早就清楚他的自我正是阿特曼，具有梵的永恆本質。可是他從來沒有真正找到過這個自我，因為他原來想用思想之網去捕捉它。如果說身體不是自我，感官的遊戲不是自我，那麼思想也不是自我，理性也不是自我，學習得來的智慧也不是，習得的推導出結論的技巧，從已有的思考推導出新思想的技巧也不是。不，這個思想世界仍然屬於塵世，為了餵肥那偶然的思想和學問的自我，卻扼殺掉這偶然的感覺的自我，是達不到什麼目的的。思想和感覺，兩者都很可愛，兩者背後都藏著終極意義，兩者都值得傾聽，都值得打交道，都既不可輕視也不可高估，而要從這兩者中聆聽到內心深處的隱祕聲音。悉達多他只想追求這個聲音命令他追求的東西，只想在這個聲音建議他逗留的地方逗留。當初，喬達摩在他證悟的時候，為什麼是坐在菩提樹下？因為當時他聽見了一個聲音，一個發自他內心的聲音，這聲音要他在這棵樹下歇息，他並沒有先進行苦修、祭祀、沐浴或祈禱，他沒吃也沒喝，沒睡覺也沒做夢，而是聽從了這個聲音。他這麼聽從了，不是聽從外來的命令，而只是聽從這內心的聲音，心甘情願地聽從這聲音；這是對的，是必要的，其他一切都不必要。

那天夜裡，悉達多睡在河邊一名船夫的茅草房裡，做了一個夢：果文達站在他面前，穿著一件苦行僧的黃色僧衣。看樣子果文達很傷心，他憂傷地問：「你為什麼離開我？」於是他擁抱果文達，伸出兩臂將他摟住，把他緊緊抱在胸前親吻，誰知這時他不再是果文達，而是變成了一個女人，從女人的衣裳裡綻露出一個豐滿的乳房，悉達多湊在乳房邊上吮奶，這乳房的乳汁又甜又濃。奶水散發著女人和男人的味道，太陽和森林的味道，動物和鮮花的味道，以及種種果實的味道，種種樂趣的味道。它令人陶醉，令人醉得不省人事。悉達多醒來後，看見灰白的河水透過茅屋的小門閃著微光，聽見樹林裡遠遠傳來一隻貓頭鷹神祕的啼叫，深沉而又響亮。

天亮了，悉達多請求款待他的主人，也就是那個船夫，擺渡他過河。船夫用竹筏送他過了河，晨曦中，寬闊的河面閃爍著淡淡的紅光。

「真是一條美麗的河流。」他對船夫說。

「是的，」船夫應道，「一條很美麗的河流，我愛它勝過一切。我常常傾聽它的聲音，常常凝視它的眼睛，我經常向它學習。向一條河可以學到很多東西啊。」

「我感謝你，好心人，」悉達多邊上岸邊說。「我沒有禮物送給你，親愛的，也付不出船錢。我是個無家可歸的人，是個婆羅門之子和沙門。」

「我看出來了，」船夫回答，「我也不指望得到你的酬謝，也不想要你的禮物。以後你會送我禮物的。」

「你相信嗎？」悉達多高興地問。

「當然。我這也是向河水學到的：一切都會再來！還有你這位沙門也會再來。喏，再會吧！但願你的友情成為對我的酬謝，但願你在祭祀神靈時能想起我！」

他倆笑眯眯地分了手。船夫的友好親切讓悉達多高興得微微笑了。「他就像果文達，」他含笑想道，「我在途中遇見的所有人都像果文達，大家都心懷感激，儘管有權得到感謝的是他們自己。大家都謙恭有禮，都樂意做別人朋友，都樂意聽從別人的意見，很少有自己的想法。人人都像是孩子。」

中午時分，他穿過一座村莊。一群小孩兒在幾間土坯小屋前的巷子裡打滾，玩南瓜子和貝殼，叫叫嚷嚷、打打鬧鬧，可一看見這個陌生的沙門就全都嚇跑了。在村頭，道路穿過一條小溪，一個年輕女子正跪在溪邊洗衣服。悉達多向她問好，她抬起頭來含笑瞥他一眼，他便看到她眼球的白色部分閃亮了一下。他按照行路人慣常的方式打過了招呼，才問去前邊的大城市還有多遠。她直起身，走過來，年輕的臉上那張嘴豐潤動人。她跟他說笑，問他吃過飯沒有，問沙門夜間是不是真的獨自睡在樹林裡，身邊不允許有女人。她邊說邊把她的左腳踏在悉達多的右腳上，做出女人挑逗男人跟她共享歡愛時常有的動作，也就是《愛經》裡所謂的「爬樹」。悉達多頓時感到熱血沸騰，猛然想起他昨晚做的那個夢，便朝那女人微微彎下腰去，噘起嘴唇親吻了吻她那乳房的深褐色乳頭。他仰著臉，看見她面帶滿含欲望的微笑，眯縫著的眼睛裡燃燒著如火的渴求。

悉達多也感到欲火中燒，性的湧泉噴發在即，可卻因為他還從來沒有接觸過女人，便猶豫了一下，只是雙手已經準備向她伸去。就在這一剎那，他驚懼地聽見了自己內心的聲音，這聲音對他說「不」。於是年輕女子的笑臉頓時失去所有魅力，他仍看見的只是一頭發情雌獸濕潤的眼睛。他友好地摸摸她的臉頰，隨即轉過身去，步履輕快地走進竹林，消失在深感失望的女人眼前。

這天傍晚，他來到了一座大城市；他很高興，因為他渴望與人親近。他已經在森林裡生活了很久，昨天夜裡他睡在船夫的茅草屋裡，乃是許久以來他頭上首次有了房頂。

在城郊一座圍著籬笆的美麗林苑旁，流浪漢悉達多遇見一小群男女僕人，手裡都提著籃子。他們簇擁著一乘四個人抬的裝飾華麗的小轎，轎子裡坐著一個女人；她坐在紅色坐墊上，頭上撐著一頂色彩鮮豔的遮陽篷，顯然是林苑的女主人。悉達多在林苑大門口停下來，看著這一行人走過，他看見了男僕、女傭和籃子，看見了轎子以及坐在轎子裡的女士。只見她高聳的烏黑秀髮下，有著一張異常明朗、嬌媚和聰慧的臉，鮮紅的嘴唇猶如一枚新剖開的無花果，眉毛修飾描繪成了彎彎的新月，烏黑的眼睛聰明而機警，光潔、細長的脖子從繡金的緣上衣中伸出，兩隻手光滑而又修長，手腕上戴著寬寬的金鐲子。

見她如此美麗，悉達多不禁心花怒放。轎子走近了，他深深躬下身，隨後又直起身來望那張靚麗迷人的臉蛋，盯著她那雙聰慧的杏眼瞧了好一會兒，呼吸到了一股他從來不曾嗅到過的香味。俏麗女子笑吟吟著點點頭，一眨眼，就消失在了林苑裡，身後跟著那群僕人。

好兆頭，我一進城就碰上個美人兒，悉達多暗忖。他巴不得立刻走進林苑去，可卻生出了疑慮，猛然想到那些男僕女侍在大門口是怎樣打量他的，目光是多麼地輕蔑，多麼地狐疑，多麼地排斥。

我只是個沙門啊，他想，還是個苦行僧和乞丐啊。我可不能這麼站在這兒，可不能這麼走進林苑去。想著想著，他笑了起來。

他向路上走過來的頭一個人打聽這座林苑是誰的，那位女士叫什麼名字，得知這是名妓珈瑪拉的林苑，她除了這座林苑，在城裡還另有一幢宅邸。

隨後他進了城。他現在已有一個目標。

追隨著自己的目標，悉達多聽憑自己被吸吮進了這座城市裡，在大街小巷遊蕩，在一個個廣場上佇立，在河邊的石階上坐臥。傍晚時分，他認識了一個理髮館夥計，先是看見他在一座拱門的陰影裡幹活，隨後又碰見他在一座毗濕奴寺廟裡祈禱，於是他給這夥計講了毗濕奴和吉祥天女[21]的故事。當天夜裡，他睡在河邊的小船旁；第二天一早，在頭一批顧客來光顧理髮店之前，他就讓那位夥計給他刮了鬍子，剪了頭髮，並將頭髮梳理好，抹上了上好的頭油。然後他又去河裡沐浴。

下午，當美麗的珈瑪拉又坐著轎子走近林苑時，悉達多已經站在大門口，向這位名妓鞠躬敬禮，並且也得到了她的還禮。他向走在隊列末尾的僕人招招手，請他報告女主人，說有個年輕的婆羅門想跟她談談。過了一會兒，那個僕人回來叫悉達多隨他進去，然後默默領著他走進了一間亭子裡，珈瑪拉正半躺在一張軟榻上；僕人走了，留下他獨自跟她在一起。

「你不是昨天就站在大門口向我問過好嗎？」珈瑪拉問。

「是的，我昨天就見過你，向你打過招呼。」

「可你昨天不是留著鬍子，頭髮也長長的，頭髮上還滿是灰塵嗎？」

「你觀察得真仔細，什麼都看到了。你看見的這個人叫悉達多，一位婆羅門的兒子，離開家鄉想成為沙門，已經當了三年的沙門。可是現在我已離開那條路，來到了這座城市，可在跨進城門之前，我碰到的第一個人就是你。噢，珈瑪拉，現在我來找你，就是要告訴你這個！你是第一個讓悉達多對她說話不再低垂目光的女人。從今以後，我要是遇見漂亮女人，就再也不會低垂目光了！」

珈瑪拉微微一笑，手裡玩弄著她那把孔雀羽扇，問道：「悉達多你來見我，

21 Lakṣmī，在印度神話中是毗濕奴的妻子。

難道僅僅就為跟我說這個嗎？」

「是為跟你說這個，也為感謝你長得這麼美。其次，要是你不嫌討厭，珈瑪拉，我想恭請你做我的朋友和導師，因為對於你擅長的那種技藝，我還一竅不通。」

珈瑪拉一聽大聲笑起來。

「朋友，我還從來沒有碰到過一個沙門從森林裡來找我，要跟我學習的！我還從來沒碰到過一個披頭散髮、圍著塊破舊遮羞布的沙門來找我的！有好多年輕小夥子來找我，其中不乏高貴的婆羅門子弟，但他們都一個個衣著華美，鞋子雅致，頭髮散發著香味，錢包脹鼓鼓的。你這個沙門啊，年輕人來找我可都是這個樣子哦。」

「我已經開始跟你學習了，」悉達多說。「昨天就已經開始學了。我已經刮掉了鬍子，梳好了頭髮，抹上了頭油。你這聰慧的美人兒呀，我只缺少少幾樣東西，不過就是：華麗的衣服，漂亮的鞋子，鼓脹的錢包！區區小事罷了，你要知道，悉達多曾做過比這更加困難的事情，而且都達到了目的！我昨天我已決定成為你的朋友，跟你學習愛的歡樂，又怎麼會達不到目的呢！你會看到我的勤奮好學，珈瑪拉，我曾經學習過比要你教我的功課更難的功課。好吧，悉達多像今天這個德性，頭髮上抹了油，可卻沒有衣服，沒有鞋子，也沒有錢，是不是就不能稱你心意呢？」

「噢，寶貝兒，」珈瑪拉笑著大聲說，「確實還不行。你必須有衣服，有漂亮衣服，有鞋子，有漂亮鞋子，必須錢包裡有大把的錢，還得送禮物給珈瑪拉。現在你明白了嗎，來自森林裡的沙門？你記住了嗎？」

「我記住了，」悉達多叫道。「從這樣一張嘴裡說出來的話，我怎麼會記不住呢！你的嘴像一隻新剖開的無花果，珈瑪拉。我的嘴也是紅潤鮮嫩，跟你的嘴正般配，你會瞧見。不過告訴我，美麗的珈瑪拉，你真就一點不怕這個從森林裡來找你學習情愛的沙門嗎？」

「我為何要怕一個沙門，一個來自森林、曾經跟狼群混在一起的沙門，一個根本不知道女人為何物的傻沙門呢？」

「哦，這個沙門他很強壯，他無所畏懼。他可能強迫你順從他，美麗的姑娘。他可能搶走你。還可能使你痛苦。」

「不，沙門，這我可不怕。一個沙門或一位婆羅門，難道會害怕有誰來抓住他，來奪走他的淵博學識，奪走他的虔誠和他深邃的思想？不會，因為這些都屬於他所有，他只會願意給什麼就給什麼，願意給誰就給誰。事情就是如此，珈瑪拉的情況也同樣如此，愛情的歡樂也是一樣。珈瑪拉的嘴唇是鮮美、紅潤，可你試試違背珈瑪拉的意願去吻吻它看，你決不會從它那兒嘗到一丁點兒甜頭，儘管它本來是很甜很甜的！你虛心好學，悉達多，那你也學學這個吧：愛情可以乞求，可以購買，可以當禮物收受，可以在街上撿到，卻不可能靠搶奪獲得！你打錯了主意。不，像你這麼英俊的小夥子竟出此下策，真叫人遺憾。」

悉達多笑眯眯地鞠了一躬。「是很遺憾，珈瑪拉，你說得非常對！真是太遺憾啦。不，我可不願失去你嘴唇的一點一滴甜蜜，也不願失去我嘴唇可以給你的一點一滴甜蜜！那麼好吧，等悉達多有了他所缺少的東西，有了衣服、鞋子和錢，他還會再來的。不過你說，甜蜜的珈瑪拉，你就不能再給我提個小小的建議嗎？」

「提個建議？為何不能呢？一個從森林和狼群中來的小沙門，可憐又無知，有誰會不樂意給他出個主意呢？」

「親愛的珈瑪拉，那就請你告訴我，我去哪兒能儘快得到那三樣東西呢？」

「朋友，好多人都想打聽這個。你必須去做你已經學會做的事，從而弄到錢，還有衣服，還有鞋子。一個窮人想有錢別無他法。你到底會些什麼呢？」

「我會思考。我會等待。我會齋戒。」

「沒有別的了？」

「沒有了。不對，我還會做詩。你願意用一個吻交換我一首詩嗎？」

「我願意，如果我喜歡你的詩的話。到底是什麼樣的詩呢？」

悉達多沉吟了一會兒，隨後吟誦道：

美麗的珈瑪拉走進她陰涼的林苑，林苑門前，站著膚色黝黑的沙門。見到豔麗的蓮花，他深深一鞠躬，珈瑪拉含笑點頭，殷殷表示謝忱。年輕人想，祭祀神靈也誠然可喜，更可喜卻是為美麗的珈瑪拉獻身。

珈瑪拉大聲鼓掌，金手鐲叮叮噹噹碰響起來。

「你的詩真美，膚色黝黑的沙門，確實，要我換給你一個吻，也沒有任何損失。」

她用秋波召他過去，他呢，便把臉俯到她的臉上，把嘴唇貼到她那宛如一只新剖開的無花果似的紅唇上。珈瑪拉久久地吻著他，悉達多深為驚訝，感覺到了她正在怎樣教他，聰明而巧妙地教他；他感到她的嘴唇如何先控制住他，隨即又把他拒讓開去，然後再將他吸引回來；他感到第一個吻之後，等待著他的又是一長串安排巧妙的、變化嫻熟的親吻，每個吻與吻之間都有所區別。悉達多氣喘吁吁地站在那兒，面對著展現在面前的學不完的寶貴知識，真像個孩子似的驚訝得瞪大了眼睛。

「你的詩真美，」珈瑪拉大聲說，「我如果很富有，我會付給你金幣。可是，要想靠作詩來掙到你所需要的錢，對你恐怕很困難，因為你想成為珈瑪拉的相好，得需要很多很多錢。」

「你真會親吻啊，珈瑪拉！」悉達多結結巴巴地說。

「是的，我很會，所以我也就不缺衣服、鞋子、手鐲，以及所有漂亮的東西。可你怎麼樣呢？除了思考、齋戒和作詩，你別的什麼都不會嗎？」

「我還會唱祭祀歌曲，」悉達多說，「可是我不願再唱啦。我會念咒語，可我也不願再念。我讀過經書——」

「等等！」珈瑪拉打斷他，「你會讀書？還會寫字？」

「我當然會。不少人都會。」

「多數人不會！我也不會。好極了，你會讀書寫字，好極了！還有那些咒語，你會用得著！」

這時跑進來一個侍女，向女主人低聲通報消息。

「來客人了，」珈瑪拉大聲說，「快走快走，悉達多，記住，別讓任何人看見你在這兒！明日我再見你。」

她隨即吩咐侍女給了虔誠的婆羅門一件白上衣。還沒等悉達多弄明白是怎麼回事，他已經被侍女拽著，繞來繞去進了一幢花園裡的屋子，他隨後又得到一件上衣，讓侍女給送進了灌木林，同時她叮囑他馬上離開林苑，別讓人看見了。

悉達多心滿意足地照辦一切。樹林他早就習慣了，便無聲地溜出林苑，翻過了籬笆。他滿意地回到城裡，胳臂下夾著捲起來的衣服。他站在一家人來人往的旅舍門口，默默地化緣，默默地收下了一個飯團。他心想，也許明天我就不用再向任何人化緣了。

他心中突然燃起自尊的火焰。他不再是沙門，不適合再向人家化緣了。他把飯團丟給了一隻狗，自己斷了糧。

「人活在這個世界上其實很簡單，」他心想。「沒啥大不了。我當沙門時一切都很難，都很吃力，到頭來卻毫無希望。可眼下一切都很輕鬆，輕鬆得像珈瑪拉給我上的親吻課。我只需要衣服和錢嘛，沒有別的，這都是些很小很近的目標，不會搞得人睡不著覺。」

他早已打聽到珈瑪拉在城裡的住處，第二天便找到了那兒。

「好極啦，」珈瑪拉朝他喊，「迦馬斯瓦彌[22]正等著見你哪。他是本城最

22編註：**Kamaswami**，梵語 **Kama**（慾望）與 **swami**（深知並掌控自身者，印度教對宗教導師的尊稱）的組合，意即「慾望導師」。

富有的商人。要是他喜歡你，就會給你個差事。放聰明點吧，皮膚黝黑的沙門。我透過別人向他介紹過你。對他親熱點，他很有勢力。可也別低聲下氣！我不願意你做他的僕人，你應當成為他的同類，不然我不會滿意你。迦馬斯瓦彌已經開始上年紀，性情變得隨和了。他要是喜歡你，就有的是事給你做。」

悉達多謝過她，面帶著笑容；珈瑪拉得知他昨天和今天完全沒進食，就叫人拿來飯和水果款待他。

「你真有運氣，」她在送走他時說，「一扇又一扇門都為你敞開。怎麼回事啊？是你會魔法嗎？」

「昨天我就告訴你了，」悉達多回答，「我會思考、等待和齋戒，而你卻以為一點用也沒有。其實呢，它們都很有用，珈瑪拉，你等著瞧吧。你會看見，森林裡的傻沙門學會了許多你們不會的本領。前天我還是個蓬頭垢面的乞丐，昨天我就吻了珈瑪拉，而且將很快成為一位商人並且很有錢，有你所看重的那一切東西。」

「就算是吧，」她承認。「但是如果沒有我，你又會怎麼樣呢？如果珈瑪拉不幫你，你又會怎麼樣呢？」

「親愛的珈瑪拉，」悉達多挺直身子說，「我來到你的林苑便邁出了第一步。我打定主意要向這個美麗無雙的女人學習愛情。從那一刻起，我就知道我能實現它。我知道你會幫助我，在林苑門口你瞅我那第一眼，就讓我知道了。」

「可要是我不願意呢？」

「你不是願意了嘛。瞧，珈瑪拉，如果你把一塊石頭扔進水裡，它會循著最快的路徑迅速沉到水底。假如悉達多有了一個目標，一個打算，情況也會如此。悉達多並不做任何事情，他只是等待，只是思考，只是齋戒，可卻會像石頭穿過水一樣穿過世間萬物，用不著做什麼，用不著動彈，他只被吸引，只讓自己沉下去。他的目標吸引著他，因為他不讓任何跟他目標相違背的東西進入自己內心。這就是悉達多在沙門那裡學到的本領。這就是傻瓜們所謂的魔法，並且認為是魔鬼搞出來的事情。沒有任何東西是魔鬼搞出來的，壓根兒就沒有什麼魔鬼！要說魔法嘛每個人都會，只要他會思考，會等待，會齋戒，每個人就都能達到自己的目的。」

珈瑪拉細心聽著。她喜歡他的聲音，喜歡他的目光。

「也許是吧，」她低聲說，「就像你說的，朋友。也許還因為悉達多是個美男子，女人都喜歡他的目光，所以他總是碰上好運氣。」

悉達多以一吻向她告別，他說：「但願如此哦，我的老師。但願你永遠喜歡我的目光，但願我從你這兒永遠得到好運氣！」

塵世

BEI DEN KINDERMENSCHEN

悉達多去拜訪商人迦馬斯瓦彌，被指引進了一幢富麗堂皇的宅子。僕人領他穿過珍貴的地毯，進入一間房間，在那兒等候著主人。

迦馬斯瓦彌進來了，是個敏捷、幹練的男子，頭髮已經花白，目光機靈、謹慎，嘴巴卻顯出貪婪。主客二人寒暄起來。

「人家告訴我，」商人開口道，「你是位婆羅門，是位學者，想找商人謀個差事。你難道陷入了困境，婆羅門，所以要來找工作嗎？」

「不，」悉達多回答，「我沒有陷入困境，從來也沒陷入過困境。要知道，我是從長期一同生活的沙門那兒來的。」

「既然你從沙門那兒來，又怎麼沒有陷入困境呢？沙門不都一貧如洗嗎？」

「我確實沒有財產，」悉達多回答，「如果這就是你所謂困境的意思，那我確實一貧如洗。可我是志願的，也就是並未陷入困境。」

「你既然一貧如洗，又打算靠什麼為生呢？」

「這點我還從來沒想過，先生，我一貧如洗已經三年多了，卻從沒想過靠什麼生活。」

「那麼，你是靠別人的產業過活囉。」

「可能是吧。可商人不也靠別人的財產為生嗎。」

「說得是。不過，他不從別人那兒白拿他的一份，他把自己的商品賣給了他們。」

「情況看來就是如此。每個人都索取，每個人都付出，這就是生活。」

「可是請問，你既然一貧如洗，你又想付給人家什麼呢？」

「每個人付出他所擁有的東西。士兵付出力氣，商人付出商品，教師付出學識，農民付出稻穀糧食，漁夫付給人鮮魚。」

「很好。那你準備付出的是什麼呢？你學過什麼？你會什麼？」

「我會思考。我會等待。我會齋戒。」

「就這些嗎？」

「我想就是這些。」

「這些又有什麼用呢？比如說齋戒，它有什麼好處呢？」

「它大有好處，先生。如果一個人沒有飯吃，齋戒就是他最明智的選擇。比方說，悉達多如果沒有學會齋戒，那他今天就必須找一份工作，不管是在你這兒，還是在別的什麼地方，因為飢餓會迫使他這麼做。可是悉達多卻可以心平氣和地等待，他不會急躁，不會窘迫，可以長時間忍受飢餓的困擾，而且對此一笑置之。先生，這就是齋戒的好處。」

「有道理，沙門。請等一等。」

迦馬斯瓦彌走了出去，拿著一卷紙回來遞給客人，問道：「你會讀這個嗎？」

悉達多定睛看那一卷紙，上面記錄的是一份購貨契約，便開始讀出契約內容。

「好極了，」迦馬斯瓦彌說，「你可以在這張紙上給我寫點什麼嗎？」

他遞給悉達多一張紙和一支筆，悉達多馬上寫了遞還給他。

迦馬斯瓦彌念道：「書寫有益，思考尤佳。明達有益，忍耐尤佳。」

「寫得真棒，」商人誇獎說，「有好多事我們以後還可以再談。今天我只邀請你做我的客人，在我這房子裡住下來。」

悉達多道過謝，接受了邀請，從此便住在商人家裡。人家給他送來了衣服，鞋子，還有一個僕人每天給他準備洗澡水。白日裡有兩餐豐盛的飯菜，可悉達多只吃一餐，而且既不吃肉，也不喝酒。迦馬斯瓦彌給他講自己的生意，領他看貨物和倉庫，還教他算帳記帳。悉達多學會了許多新東西，但聽得多說得少。

他牢記珈瑪拉的話，從來不對商人低聲下氣，迫使他對自己平等相待，甚至超過了平等相待。迦馬斯瓦彌小心謹慎地經營自己的生意，往往投入很大的熱情，悉達多卻視這一切如同遊戲，他努力準確掌握遊戲規則，對遊戲的內容卻毫不動心。

他到迦馬斯瓦彌家不久，就幫著主人家做生意了。但是每天一到珈瑪拉跟他約定的時間，他就去拜訪她，穿著漂亮的衣服，精緻的鞋子，不久還帶給了她禮物。她那紅潤、聰明的小嘴教會了他許多，細嫩、圓潤的手也教會了他許多。他在情愛方面還是個孩子，很容易盲目地、不知厭足地墮入情欲的深淵，所以珈瑪拉就對他從頭教起，讓他懂得要想自己快樂，就得給人快樂；懂得每一種舉動，每一次撫摩，每一回接觸，每一道目光，身體的每一個最細小的部位，都自有其祕密，而喚醒這祕密就會帶給知情者幸福滿足。她教他，在一次愛的盛典之後，相愛者如果沒有相互佩服與驚歎，沒有既征服了對方又被對方征服了的感覺，就不可以分開，以免雙方有任何一方產生厭倦和乏味，產生那種勉強了人家或被人家勉強的噁心感覺。在美麗而聰慧的女藝術家身邊，悉達多享受了許多美妙時光，成了她的學生、她的愛人和她的朋友。他現下生活的價值和意義，完全在珈瑪拉這兒，而不是在迦馬斯瓦彌的生意當中。

商人把草擬重要信函和契約的事全交給了他，並且習慣了跟他商量所有重要的事情。他很快就看出，悉達多對大米和棉花、船運和貿易所知不多，但是運氣卻很好，而且在沉著鎮定方面，在善於傾聽他人意見和洞察他人心思的本領方面，勝過了他這個商人。

「這個婆羅門啊，」他對一個朋友說，「他不是個真正的商人，永遠都不會是，他的心永遠不會產生做生意的熱情。可他擁有那種自動獲得成功的人的訣竅，也不知是因為他天生福星高照，還是會魔法，或是他從沙門那兒學到了什麼高招。做生意對他似乎只是遊戲，從來不會讓他全心全意，從來不會完全控制住他，他也從來不怕失敗，從來不擔心虧本。」

那朋友建議商人：「你交些生意給他做，賺了分三分之一紅利給他，倘若虧了，也讓他承擔虧損的三分之一。這樣，他就會積極一些啦。」

迦馬斯瓦彌接受了這個建議。可是悉達多仍然漫不經心。賺了就不動聲色地收下，賠了笑笑說：「嗨，瞧瞧，這次又搞砸了！」

事實上，他似乎對做生意無所謂。一次他去一個村莊收購一批剛收穫的稻穀。可是他到達時稻穀已經賣給另一個商人了。然而悉達多還是在村子裡待了幾天，他招待農民們吃喝，給農民的孩子們銅幣，還參加了一個村民的婚禮，然後才心滿意足地回來了。迦馬斯瓦彌責備他沒有及時返回，浪費了時間和金錢。悉達多卻回答：「別罵啦，親愛的朋友！靠罵從來得不到什麼。既然虧損了，我就擔著。我很滿意這次旅行。我結識了各種各樣的人，一位婆羅門成了我的朋友，孩子們騎在我的膝頭上玩耍，農民們領我看他們的田地，誰都沒把我當成一個商人。」

「這一切都很美妙，」迦馬斯瓦彌不高興地嚷道，「可實際上你卻是個商人，我得說！難道你這次去只是為了自己消遣嗎？」

「當然啦，」悉達多笑道，「我這次去當然是為我消遣。要不為了什麼？我熟悉了一些人和一些地方，我享受了殷勤款待和信任，我贏得了友誼。瞧，親愛的，假如我是你迦馬斯瓦彌，我一見生意落了空，就會滿懷氣惱地匆匆趕回來，可實際上時間和金錢已經損失了。而我呢，卻好好地過了幾天，學到了東西，享受了快樂，既沒有因煩惱和匆忙而損害自己，也沒有傷害別的人。如果我以後再去那兒，也許是去收購下一輪的收穫，或者為了別的什麼目的，那麼，友好的人們就會殷勤、快活地接待我，我也會慶幸自己上次沒有來去匆匆，流露不快。好啦，朋友，別因訓斥我傷了你自己身體！如果有朝一日你發現：這個悉達多給我造成了損失，那麼你只需要說一句話，悉達多就會走人。不過在此之前，我們還是彼此將就吧。」

迦馬斯瓦彌企圖讓悉達多相信，他吃的是迦馬斯瓦彌的飯，結果白費力氣。悉達多吃的是他自己的飯，或者更確切地說，他倆吃的都是別人的飯，都是大家的飯。悉達多從來不聽迦馬斯瓦彌訴說他的憂慮，迦馬斯瓦彌卻總有許多憂慮。他憂慮一樁生意可能失敗，一批貨物似乎運丟了，一個客戶可能付不了款，可他永遠沒法讓他的夥計相信，訴苦、發火、緊皺額頭乃至睡不好覺，會有什麼用處。有一次他提醒悉達多，他懂得的一切都是跟他迦馬斯瓦彌學的，悉達多答道：「你可別跟我開這樣的玩笑！我向你學的只是一滿筐魚賣多少錢，貸出去的款收多少利息。這就是你的學問。而思考呢，我可不是向你學的，可敬的迦馬斯瓦彌，倒是你該跟我學習。」

確實，悉達多的心沒放在生意上。生意好，就使他有錢送給珈瑪拉，而他賺的錢綽綽有餘。除此而外，悉達多關心和好奇的只是那些人；從前，這些人的營生、手藝、憂慮、歡樂和愚昧，對於他都像天上的月亮一般陌生和遙遠。而今他輕而易舉就能跟所有人交談，和所有人一起生活，向所有人學習，同時卻又深深意識到，自己跟他們之間有什麼隔閡，意識到這隔閡就是他的沙門身分。他看到人們像兒童或者動物似的活一天是一天，因此對他們既喜愛又鄙視。他看到他們勞勞碌碌，看到他們受苦和衰老，僅僅為了一些他看來根本不值得付出如此代價的東西，為了金錢，為了小小的樂趣，為了區區的榮譽；他看到他們互相指責和辱罵，看到他們為了沙門一笑了之的痛苦而怨天尤人，看到他們為了沙門無所感覺的匱乏而苦悶煩惱。

這些人無論帶給他什麼，他都坦然接受。商販向他兜售亞麻布，他歡迎；欠債人找他借錢，他歡迎；乞丐一個鐘頭一個鐘頭地向他哭窮，他也歡迎，實際上乞丐的貧窮恐怕還不及沙門一半。外國富商和替他刮鬍的僕人，他同等對待，還有對那些在賣香蕉時總愛坑他一點小錢的街邊小販，也沒什麼兩樣。迦馬斯瓦彌來找他訴說憂慮苦惱，或是為了一樁買賣來責怪他，他總是好奇而興致勃勃地聽著，對他表示驚奇，努力理解他，承認他有些道理，不多不少正好是他看來必要的那些道理，然後便轉身離開他，去見下一個急於見他的人。來找他的人可多著哪：許多人來跟他做生意，許多人來欺騙他，許多人來摸他的底牌，許多人來喚起他的憐憫，許多人來向他討主意。他給人出主意，他對人表示憐憫，他施捨饋贈，讓自己上一點兒小當；這整個遊戲以及大夥兒玩遊戲時表現的熱情，都使他心思活躍，全神貫注，一如當年他侍奉諸神和梵天時那樣。

時不時地，悉達多感到胸膛深處有一個漸漸衰亡的、微弱的聲音，在輕輕地提醒，輕輕地抱怨，輕得讓他幾乎聽不見。後來他在某一個時刻意識到，自己過的是一種荒誕的生活，他所做的一切只是個遊戲，他感到很愉快，他有時感到很快樂，但生活本身從身邊流逝了，卻未曾將他觸及。就像一個玩球的人一樣，他玩他的生意，玩他周圍的人，觀察他們，拿他們尋開心，可他的心，他的生命源泉，卻不在這裡。這源泉流向不知何處，不知離他有多遠，越流越看不見了，與他的生活完全沒有了關係。有幾次，他想著想著嚇了一跳，希望自己也能滿腔熱忱、全心全意，投身到所有這些孩子氣的日常活動中去，真正地生活，真正地行動，真正地享受，真正地做生活的主宰，而不僅僅當一個生活的旁觀者。

他經常去美麗的珈瑪拉那兒修習愛的技藝，完成性的膜拜，此時奉獻和索取便合而為一，超越了任何其他場合；同時他跟珈瑪拉閒聊，向她學習，給予她忠告，也接受她的忠告。珈瑪拉理解他，勝過了當初果文達對他的理解；她跟他更加相像。

一次，他對珈瑪拉說：「你像我一樣，跟大多數人不同。你是珈瑪拉，你就是你；在你內心有一種寧靜，有一個避難所，你隨時都可以躲進去，獲得回家的感覺，我也可以這樣。只有為數不多的人可以這樣，但大家也有可能這樣。」

「並非所有人都聰明嘛。」珈瑪拉說。

「不，」悉達多說，「問題並不在這裡。迦馬斯瓦彌像我一樣聰明，可他心裡就沒有歸宿。其他人倒有，其他一些智力像小孩子的人。大多數人都好像落葉，珈瑪拉，在空中飄舞、翻捲，最後搖搖擺擺落到地上。可是也有另一些人，一些為數不多的人，卻像沿著一條固定軌道運行的星星，沒有風吹得到它們；它們有自身的規律和軌道。在我認識的所有學者和沙門中，只有一位是這種類型的人，是一個完人，我永遠也忘不了他。他就是喬達摩，就是那位佛陀，那個講經傳道者。每天都有成千的信徒聽他宣講自己的學說，每時每刻尊崇他的訓誡，可他們全都是落葉，他們自己內心沒有學說和規律。」

珈瑪拉含笑注視著他。「你又在說他了，」她說，「你還是丟不掉沙門腦袋。」

悉達多緘默不言，於是他們又開始玩愛的遊戲，玩珈瑪拉熟悉的三四十種不同玩法中的一種。她的身子柔韌得如同獵豹，如同獵人的弓；誰向她學過愛的技藝，就會品嘗到百般快樂，洞悉無數的祕密。她和悉達多久久地戲耍，挑逗他，推拒他，強迫他，纏繞他，欣賞他嫻熟的技巧，一直到他被征服，精疲力竭地靜靜躺在她身邊。

這個交際花俯身看著悉達多，久久地凝視他的臉，凝視他那雙倦慵的眼睛。

「你是我見過的最好的情人，」她沉思地說，「你比其他人更強壯，更柔韌，更馴順。你出色地學會了我的技藝，悉達多。將來，等我年紀大些了，我要替你生個孩子。可是現在，親愛的，你仍舊是個沙門，你仍舊不愛我，也不愛任何人。難道不是這樣嗎？」

「可能是這樣，」悉達多慵懶地說，「我跟你一樣，你也不是愛——否則你怎會把愛情當成一門技藝來從事呢？也許，我們這樣的人就是不會愛吧。那些孩子般的俗人卻會，這是他們的祕密。」

輪迴

SANSARA

悉達多過了長時間的世俗生活和享樂生活，卻並沒有沉溺其中。他在狂熱的沙門年代扼殺掉的七情六欲甦醒了，品嘗到了財富的滋味，品嘗到了肉欲的滋味，品嘗到了權勢的滋味，但是在心裡，他很長時間仍然是個沙門，這點聰明的珈瑪拉看得很清楚。指引他生活之路的，仍然是思考、等待和齋戒的技藝；世俗之人，那些孩子般愚鈍的人，仍一如既往地讓他感覺陌生。

光陰荏苒，悉達多身處安樂之中，幾乎沒有覺察到時光流逝。他發財了，早已擁有一幢自己的住宅和眾多的僕人，以及在城郊河邊上的一個花園。人們喜歡他，需要錢或者忠告就會來找他，可是除了珈瑪拉，沒有一個人跟他親近。

在青春年代的鼎盛期，他曾體驗過那種高度的、敏銳的清醒；在聽喬達摩講經後，在與果文達分手後的日子裡，他曾體驗過那種緊張的期待，那種既無學說又無師長的值得自豪的獨立，那種隨時準備傾聽自己內心神靈的聲音的決心，這一切都漸漸變成了回憶，變成了往昔；原來在離他很近的地方激越流淌的聖泉，在他自己心中激越流淌的聖泉，而今已經成了遠方細微的潺潺聲。他向沙門學到的許多東西，向喬達摩學到的許多東西，向自己的婆羅門父親學到的許多東西，諸如生活節制，樂於思考，勤於打坐，以及對既非肉體又非意識的永恆自我的默然認知，儘管曾長時間地留在他心裡，但是隨後卻消沉了，被滾滾紅塵給一個接一個地淹沒了。就像製陶工人的轉盤，一旦轉了起來還將轉動下去，最後才會慢慢地減速和停止那樣，悉達多心裡的苦修之輪、思考之輪和分辨之輪，也這樣久久地繼續轉著，現在也仍然在轉動，但是已經轉得慢了，搖搖晃晃了，離完全停止已經不遠了。就像濕氣滲入正在枯死的樹幹，慢慢充滿它，使它腐朽，俗氣和惰性也侵入了悉達多的心靈，慢慢地充斥它並使之沉重，使之困倦，使之麻木。而與此相反，他的感官卻變得活躍起來，因此學會了很多，知道了很多。

悉達多學會了做生意，學會了行使權力，學會了享受男女之愛，學會了穿漂亮衣服，學會了使喚奴僕，學會了在香水裡沐浴。他學會了吃精心烹調的飯菜，包括吃魚，吃肉，吃飛禽，還享用調味品和甜食，還飲用使人慵懶無力、忘卻現實的美酒。他學會了擲骰子，下棋，學會了看舞女表演，學會了坐轎子和睡軟綿綿的床鋪。不過他仍然自視和別人不一樣，感到自己比他們優越，看他們時總帶著一點兒嘲諷，一點兒揶揄和輕蔑，正如僧侶看俗人時始終感覺的那樣。每當迦馬斯瓦彌身體欠佳，或者心情不好，或者感到受了侮辱，或者為商人的種種憂心事所困擾，這時悉達多總是幸災樂禍地在一旁瞧熱鬧。只是隨著收穫季節和雨季慢慢過去，他的嘲諷也隨之不知不覺地緩和了，他的優越感也收斂了。漸漸地，置身自己越來越多的財富堆裡，悉達多本人也染上了那幫孩子般愚鈍的俗人的某些特點，染上了他們的孩子氣和謹小慎微。而且他羨慕他們，他跟他們越相像就越羨慕他們。他羨慕一件他自己缺乏而那幫人卻擁有的東西，這就是他們賦予自己生活的那份重要性，這就是他們對歡樂與恐懼的認真熱情，這就是讓他們不安卻又甜蜜地永遠迷戀的幸福。這幫人永遠迷戀自己，迷戀女人，迷戀他們的孩子，迷戀名或利，迷戀種種規劃或者希望。但有一點他沒有向他們學到，這就是孩子般的快樂和孩子般的愚鈍；他向他們學到的，恰恰是他討厭的，是他蔑視的東西。於是越來越常出現這樣的情況：在一夜狂歡之後，第二天早上他便會賴著遲遲不起床，感到頭昏腦脹，四肢乏力。於是迦馬斯瓦彌找著他久久訴苦時，他便會心生怒火，煩躁不安。於是擲骰子輸了錢時，他便會縱聲大笑。他的臉仍顯得比別的人聰明和精神，但卻笑得少了；那些在有錢人臉上常見的表情，諸如不滿、病痛、厭煩、懶散和冷酷無情等等，一個接一個地被他的臉接受了。

疲乏就一道紗幕，像一層薄薄的霧氣，慢慢降臨到悉達多身上，每天變厚一點，每月變渾一點，每年變重一點。就像一件新衣隨著時間變舊，隨著時間失去鮮豔的色彩，出現斑點，出現皺褶，邊沿出現磨損，處處開始綻線那樣，悉達多與果文達分手後開始的新生活也變舊了，也隨著歲月的流逝失去了色彩與光澤，也積滿了皺褶和斑點，於是處處已經顯露出醜陋，失望和厭惡便滋生暗藏在心底，只等迸發了。悉達多沒有察覺到這些。他只發現自己內心那種響亮而沉穩的聲音，那一度在他心裡甦醒過來並在他的光輝歲月引導他的聲音，如今已變得沉默寡言了。

聲色犬馬、怠惰、貪婪的塵世享樂生活俘虜了他，就連貪得無厭這個他最鄙視的罪惡，他譏諷為最愚蠢的罪惡，也使他不以為忤，甘之若飴了。最終還有財產、家業和富有也征服了他，它們對他不再是逢場作戲的玩意，而變成了負擔和枷鎖。悉達多是透過一條不尋常的、奸詐刁鑽的途徑，也就是透過擲骰子賭錢，陷入了這最後、最可恥的羅網。從他在心裡不再是個沙門的那一刻起，悉達多就開始了贏錢、贏珠寶的賭博。往常，他視賭博為俗人的惡習，即使參賭還是笑嘻嘻的、漫不經心的；而今，他賭得越來越大，越來越狂熱。他這個賭徒令人生畏，很少有人敢跟他作對，他下起注來又猛又狠。賭博於他是一種內心的解脫，輸掉、扔光討厭的金錢，使他感到一種狂喜，因為沒有別的辦法，能夠讓他對商賈們奉為偶像的財富，更清楚、更尖刻地表示出他的輕蔑。因此他毫無顧忌地大把大把下注，懷著對自己的仇恨，懷著對自己的不屑，一贏千金，一擲千金，輸掉金錢，輸掉首飾，輸掉別墅，輸了再贏回來，贏了又輸掉。他喜歡那種擲骰子時提心吊膽的恐懼，那種押大注時憂心忡忡的恐懼，他喜歡這令人窒息的感覺，所以努力不斷更新它，提升它，以使刺激越來越強；他呢，只有在這種刺激中，才能多少體會到一點幸福，一點陶醉，從而逃脫他那死水一潭的、無聊乏味的生活。每一次大輸之後，他都設法重新聚斂財富，都更熱衷於做買賣，都更嚴厲地催逼債戶還帳，因為他要繼續賭，要繼續揮霍，要繼續對財富表示他的輕蔑。悉達多在輸錢時失去了鎮定從容，在催債時失去了耐心，對乞丐失去了憐憫，對施捨和借錢給告貸者沒有了興趣。他在豪賭中可以一擲萬金而一笑置之，可做生意卻越發厲害，越發小氣，夜裡睡覺有時也夢到錢！他常常從這可惡的夢魘中醒來，在臥室牆上的鏡子裡瞅見自己變老、變醜了的臉，羞慚和噁心便襲上他心頭，他又只好繼續逃避，逃到新的賭博中去，逃到肉欲和酗酒的麻醉中去，甦醒過來又再一頭扎進聚斂錢財的本能衝動裡。就在這種毫無意義的輪迴中，悉達多疲於奔命，日漸衰老，日漸喪失了健康。

這時候，一個夢警醒了他。那天晚上他在珈瑪拉那兒，在她那美麗的花園中。他倆坐在樹下交談，珈瑪拉說了些引人深思的話，話背後隱隱透著某種悲涼和厭倦。她請求他講喬達摩，而且老是聽不夠，想知道喬達摩的眼睛如何清純，喬達摩的嘴型如何文靜優美，喬達摩的笑容如何和藹親切，喬達摩的步態如何平穩端莊。悉達多不得不把佛陀的情況講了又講，隨後珈瑪拉歎了口氣說：

「將來，也許過不了多久，我也會去追隨這位佛陀。我要把我的大花園獻給他，我要皈依他的學說。」可是接著她又勾引他，在痛苦、熱烈的情愛遊戲中死死摟住他的軀體，一邊咬他一邊又眼淚汪汪，彷彿要從這空虛而易逝的歡愉中再擠壓出最後的一丁點兒甜蜜。忽然，悉達多變得來從未有過的清醒：淫欲和死亡乃是近親啊。隨後，他躺在珈瑪拉身邊，珈瑪拉的臉緊挨著他；他在她的眼睛下面和嘴角旁邊，比任何時候都清晰地讀到了一種令人不安的文字，一種由細細的線條和淺淺的溝紋構成的文字，讓人聯想到了秋天與衰落，就像悉達多他自己，年方四十，黑髮間已這兒那兒出現了白髮。珈瑪拉俊俏的臉上則顯現出倦意，走了長路卻前途茫茫的倦意；除了倦意還有業已開始的憔悴，還有掩飾著的、尚未說出的、也許還根本沒有意識到的恐懼：懼怕衰老，懼怕秋天，懼怕必然到來的死亡。悉達多歎息著告別了珈瑪拉，心裡充滿不快，充滿隱祕的憂懼。

後來悉達多回到自己家裡，又跟一幫舞女們飲酒通宵達旦，他對與他地位相當的人一副高高在上的樣子，其實他已經不再有什麼比人家優越。他喝了好多酒，午夜過後很晚才摸回到床上，雖然困倦卻又亢奮，心裡瀕臨絕望，真快哭起來了，想要睡去卻久不成寐，心裡充滿自以為再無法忍受的愁苦，充滿一種讓他感到渾身難受的噁心，就像飲了味道淡淡的、怪怪的劣酒，就像聽了過分甜膩的、空虛的音樂，就像舞女們強裝柔媚的笑臉，就像她們秀髮和乳房散發出的薰鼻香水味。然而，最讓悉達多噁心的是他自己，是他香氣撲鼻的頭髮，是他滿嘴的酒氣，是他皮膚的鬆弛、疲沓與不適。就好像一個人吃得太多或喝得太多，要難受得嘔吐出來才會感到一身輕鬆，失眠的悉達多也希望能來一陣噁心嘔吐，好擺脫這些享樂，擺脫這些惡習，擺脫這整個毫無意義的生活，擺脫他自己。直到天亮，他住所門前的大街上已開始喧鬧忙碌，他才迷糊過去，又不多一會兒墮入了一種半麻木的、似睡非睡的狀態。就在此刻，他做了一個夢——

在一個金籠子裡，珈瑪拉養了一隻奇異的會唱歌的小鳥。他夢見了這隻小鳥。他夢見它變成了啞巴，而往常早上它總是鳴囀不已的。他發現了這個情況，就走到鳥籠前往裡瞅，看見小鳥已經死了，直挺挺地躺在籠底。他取出死鳥，在手裡掂了掂，就扔到了街上。就在這時，他突然十分害怕，心裡異常難受，彷彿他扔掉這隻死鳥，也隨之扔掉了他自己身上的一切價值，一切善良美好。

從夢中驚醒過來，悉達多感到自己處在深沉的悲哀包圍中。回首過去的生活，他覺得真是毫無價值，既無價值又無意義，一點兒生動的東西，堪回味的東西，值得保存的東西都沒有留下。他孑然一身，兩手空空，活像個從河裡打撈起來的落水者。

陰沉著臉，悉達多走進了一座他自己的花園，鎖上園門，坐到一棵芒果樹下，感受著心中的死亡和胸中的恐懼；他坐著、感受著自己內心如何在衰亡，如何在枯萎，如何在走向終結。他漸漸地集中心思，在腦子裡回顧他一輩子走過的路，從他能夠想起的最早幾天開始。他什麼時候體驗到一點幸福，感受過一點真正的狂喜呢？噢，是的，這種體驗他有過好幾次。少年時代他就品味過幸福歡樂的滋味，在他背誦經書詩句、與學者辯論以及當輔祭都表現得出類拔萃，因而博得了婆羅門誇獎的時候。那時他心裡就感覺到：「你面前敞開著一條路，你的使命就是走這條路，神靈在等著你。」到成長為青年，思想裡奮鬥的目標不斷向上，這便使他從一大群有同樣追求的人當中脫穎而出，然而他仍痛苦思索梵的真諦，每次得到的認知又只會激起他心裡新的渴求，如此地反反覆覆，在渴求當中，在痛苦當中，他獲得的是同樣的體驗，聽到的是同樣的聲音：「前進！前進！這是神對你的召喚！」當他離開故鄉，選擇過沙門生活時，他聽見了這聲音；當他離開沙門，投奔佛陀喬達摩時，他聽見了這聲音；就連他離開佛陀，走進迷茫時也是。他已多久沒聽見這聲音了啊？他已有多久沒再攀登高峰了啊？他走過的路多麼平坦，多麼荒涼！多少年來，沒有了崇高的目標，沒有了渴求，沒有了提高，只滿足於小小的歡娛，但卻從來沒有獲得過滿足！所有這些年，在不自知的情況下，他一直努力著，渴望著，要成為一個跟那許多俗人，跟那些孩子般愚鈍的人一樣的人，而他的生活卻遠比他們不幸和可憐，因為他們的目標跟他不一樣，他們的憂慮也跟他不一樣。對他來說，迦馬斯瓦彌這一流人的整個世界只不過是一場遊戲，一場供人觀賞的舞蹈，一場喜劇。只有珈瑪拉他真心喜歡，只有她為他所珍惜——但她現在還這樣嗎？他還需要她，或者她還需要他嗎？他們不也是在玩一場沒完沒了的遊戲嗎？為這個活著可有必要？不，沒有必要！這遊戲叫輪迴，是一種兒童玩的遊戲，也許很好玩，一遍，兩遍，十遍——可是能永遠無休無止地玩下去嗎？

悉達多突然明白過來，遊戲已到盡頭，他不能再玩下去了。一陣寒慄傳遍全身，他感到內心深處有什麼已經死去。

那一整天，他都坐在芒果樹下，思念他父親，思念果文達，思念喬達摩。為了成為迦馬斯瓦彌，就必須離開他們嗎？夜幕降臨，他依然坐著沒動。他抬頭仰望星空，心想：「我是坐在我自己的芒果樹下，坐在我自己的花園裡。」他微微一笑——他擁有一棵芒果樹，擁有一座花園，可這有必要嗎？這對嗎？這不也是一場愚蠢的遊戲嗎？

就連這他也要徹底了結，就對這他也必須死心。他站起來，向芒果樹告別，向花園告別。他一整天沒有進食，感到飢腸轆轆，便想起了自己城裡的住所，想起了自己的臥室和床鋪，想起了擺滿佳餚的餐桌。他疲乏地笑笑，搖了搖頭，告別了這些東西。

就在那天夜裡，悉達多離開了他的花園，離開了這座城市，再也沒有回去。迦馬斯瓦彌派人找了他很久，以為他落到了強盜手裡。珈瑪拉沒有派人找他。得知悉達多失蹤了，她沒有感到奇怪。她不是一直盼著這個嗎？他不原本就是一個沙門，一個流浪漢，一個朝聖者嗎？在最後那次幽會的時候，她對此感受尤為深刻，可卻在失落的痛楚中尋歡作樂，明知已經是最後一次把他緊緊抱在胸前，最後一次感到自己完全被他占有，被他滲透。

首次得知悉達多失蹤的消息時，珈瑪拉走到窗前，走到養著一隻罕見的小鳴禽的金絲籠邊。她打開籠門，捉出小鳥，放它飛走。她久久地目送著它，目送著這隻高翔的鳥兒遠去。從這天起她再沒接客，房子大門始終深鎖。可是過了一些時候，她發現跟悉達多的最後一次歡會，竟使她懷孕了。

河岸

AM FLUSSE

悉達多遊蕩在森林裡，離開那座城市已經很遠；他只知道一件事：他不會再回去了，他多年來過的那種生活已經一去不返，他對它已經噁心得想通通嘔吐出來。他夢見的那隻唱歌的小鳥死了，他心中的小鳥也死了。他深深糾纏在輪迴中，已經像一塊海綿，從方方面面吸滿了厭煩、悲苦和死亡的滋味，世界上再沒有什麼能吸引他，取悅他，安慰他了。

他熱切地希望完全忘掉自己，希望得到安寧，希望死掉。但願來一道閃電，劈死他！但願來一隻猛虎，吃掉他！但願有一杯酒，一杯毒酒，使他麻木、忘卻和沉睡，永遠不再醒來！還有哪一種汙穢，他沒有沾染過；還有哪一種罪孽和愚蠢行為，他沒有犯過？還有哪一種心靈空虛，他沒有承受過？他還可能活下去嗎？還可能一而再、再而三地吸氣和呼氣，感到肚子餓了又去進餐，又去睡覺，又去和女人睡覺嗎？對於他來說，這種循環不是已經精疲力竭，已經結束了嗎？

悉達多來到森林中的一條大河邊。當初他年紀輕輕從佛陀喬達摩那座城裡出來，一個船夫為他擺渡的正是這同一條河。他停下來，站在河岸上躊躇不前。疲勞和飢餓已經使他虛弱不堪，他為何還繼續走呢？去往何處，奔向什麼目標？不，已經沒有目標，只有這深深的痛苦的渴望：擺脫這纏繞著他的混沌雜亂的夢魘，吐掉這變了味的酒水，結束這可悲、可恥的生活！

河面上探出一棵彎彎的樹，一棵椰子樹，悉達多讓肩膀靠在樹幹上，一條胳臂摟住了樹幹，俯視著腳下流過的碧綠河水，看著河水流啊，流啊，心中不禁充滿一個願望：鬆開胳膊，沉溺到河水裡去。河水倒映出的也一種令人寒慄的空虛，跟他心中的可怕空虛正好呼應。是的，他完蛋了。他剩下的事情只是毀滅自己，砸爛自己生命的醜陋軀殼，丟棄它，把它扔到幸災樂禍的神靈腳下。這正是他渴望的巨大解脫：死亡，砸爛這個他憎惡的形體！但願水中的魚群把他吃掉，把悉達多這條狗，這個瘋子，這具腐屍，這個衰敗的、被糟蹋了的靈魂吃掉！但願魚群和鱷魚吞噬掉他，但願惡魔把他撕成碎片！

悉達多面孔歪扭著凝視河水，看見映出來自己那張醜臉，不禁朝它吐了口唾沫。他疲憊不堪，讓胳臂一鬆，身子一轉，便垂直落進水裡，想最終葬身水底。他往下沉，閉著眼睛，迎著死亡往下沉。

突然，從他心靈中某些個偏僻的角落，從他疲倦的一生的某個往昔，傳來了一點聲音。那是一個詞，一個音節，他不假思索地將它喃喃地念了出來。它是所有婆羅門祈禱的開頭和結尾都用的那個古字，那個神聖的「唵」，意思大致是「功德圓滿」，或者「完美無瑕」。就在這一聲「唵」傳到悉達多耳畔的一剎那，他沉睡的心靈突然甦醒，認識到自己正在做蠢事。

悉達多猛然驚醒。他的現狀就是這樣，就這麼一敗塗地，就這麼末路窮途，無知到了想自尋短見，致使這個愚鈍的孩子般的願望在他心中變大起來：為求得內心的安寧，不惜毀滅自己的肉體！這最後時刻的全部痛苦、全部醒悟和全部絕望沒能實現的東西，卻在「唵」闖入他意識的一瞬間完成了：在自己的愁苦和迷惘中，悉達多認識了自己。

唵！他自顧自念著，唵！他想起梵天，想起生命的堅不可摧，想起了所有他已經忘卻的神聖的東西。

但這僅只是一剎那，僅只是一閃念。悉達多倒在那棵椰子樹下，把頭枕在樹根上，疲倦地陷入了沉沉夢鄉。

他睡得很香，沒有做夢，他已經很久沒有睡過這麼好的覺了。幾個小時後他醒過來，覺得彷彿已經過去了十年。他聽見河水輕輕流淌，不知自己身在何處，是誰把他弄到了這兒；他睜開眼睛，驚訝地看著頭頂上的樹林和天空，回想自己是在哪兒，怎麼來到了這兒。他想了好長時間，往事就像蒙上了一層薄紗，顯得無比地遙遠，遙遠，遙遠得完全跟自己毫不相干。他只知道自己已拋棄過去的生活——在他清醒過來的頭一瞬間，他覺得過去的生活似乎像個拋得遠遠的過去的化身，像是他眼前這個自我的早產兒——他只知道自己拋棄了過去的生活，滿懷厭惡和愁苦地甚至想拋棄自己的生命，但是在一條河邊，在一棵椰子樹下，他口誦著神聖的「唵」回歸了自我，然後便酣然睡去，現在醒來卻成了一個新人，用新人的眼睛觀看著世界。他輕聲默誦著使他酣然入睡的「唵」字，覺得自己整個的沉睡過程只不過是一聲悠長而專注的「唵」的念誦，是一次「唵」的思索，是深入徹底地沉潛進「唵」之中，到達了無以名狀的完美境界。

好一次奇妙、愜意的睡眠啊！從來沒哪次睡眠能使他如此神清氣爽，如此精神煥發，如此朝氣勃勃！也許他真的已經死掉，已經消亡，現在又重新投生了一個新的軀體？可是不，他認得自己，認得自己的手和腳，認得他躺的這個地方，認得他胸中的這個自我，這個悉達多，這個執拗的傢伙，這個怪人，不過這個悉達多仍舊變了，變成了一個新人，一個出奇地精神飽滿、頭腦清醒、樂天好奇的人。

悉達多坐起來，忽然看見自己對面坐著一個人，一個陌生人，一個穿著黃僧衣、剃了光頭的僧人，一副打坐沉思的架勢。他打量這個既無頭髮也無鬍子的男子，打量了他不一會兒，忽然認出這個僧人就是果文達，就是他青年時代的好友，那個皈依了佛陀的果文達。果文達老了，他也老了，但臉上的神色依然如故，流露著熱忱、忠實、求索和謹小慎微的德性。果文達這時覺察到了他的目光，睜開眼看著他，但悉達多發現他並沒有認出自己來。果文達見他已經醒了很是高興，顯然他為等他醒來已在這裡坐了很久，儘管他並沒有認出悉達多。

「我剛才睡著了。」悉達多說，「你是怎麼到這兒來的？」

「你睡著了，」果文達答道，「在這樣的地方睡覺可不好，這裡常常有蛇，是森林中的野獸出沒之處。噢，先生，我是佛陀喬達摩的一名弟子，釋迦牟尼的信徒，跟一夥同伴途經此地去朝聖，看見了你躺在這裡睡覺，在一個危險的地方睡覺。所以我試圖叫醒你，先生，發現你睡得很沉，我便有意掉了隊，留在了你身邊。後來看樣子我自己也睡著了，我本來是想要守護你的。我失職啦，疲勞征服了我。可現在你已經醒了，讓我走吧，我要去追趕自己的師兄弟們。」

「多謝你，沙門，多謝你守著我睡覺，」悉達多說，「你們這些佛陀的弟子真和善。你可以走啦。」

「我走了，先生。祝先生永遠康健。」

「謝謝你，沙門。」

果文達合十為禮，道了聲：「再會！」

「再會，果文達，」悉達多說。

僧人愣住了。

「請問先生，你怎麼知道我的名字？」

悉達多莞爾一笑。

「我認識你哦，果文達，在你父親的小屋，在那所婆羅門學校，在祭祀神靈的儀式上，在我們一起去找沙門的途中，在你在祇園精舍皈依了佛陀的時候，我就認識你！」

「你是悉達多！」果文達大叫起來。「現在我認出你了，真不明白我怎麼竟沒能馬上認出你來！你好啊，悉達多，與你重逢我太高興了。」

「我也很高興再見到你。你剛才做我睡覺的守衛，我要再次感謝你，儘管我並不需要守衛。你去哪兒，朋友？」

「我哪兒也不去。只要不是雨季，我們僧人總是雲遊四方，總是從一處漂泊到另一處，按照規矩生活，講經，化緣，再繼續漂泊。總是這樣的。可你呢，悉達多，你要去哪兒？」

「我的情況也是如此，朋友，跟你一樣，」悉達多回答。「我不去哪兒。我只是在路上。我去朝聖。」

「你說去朝聖，我相信你。」果文達說，「可是請原諒，悉達多，你樣子可不像個朝聖者呀。你身穿富人的衣服，腳穿貴人的鞋子，頭髮還飄散出香水味，這可不是一個朝聖者的頭髮，一個沙門的頭髮啊。」

「不錯，親愛的，你很會觀察，你銳利的目光看出了一切。可是我並沒有跟你講，我是個沙門呀。我只是說去朝聖。而事實上我確實是去朝聖。」

「你去朝聖？」果文達說，「可是很少有人穿著這樣的衣服，很少有人穿著這樣的鞋子，很少有人留著這樣的頭髮去朝聖的。我已經朝聖多年，從來沒見到過一個這樣的朝聖者。」

「我相信你說的話，我的果文達。可現在，今天，你偏偏碰上了這麼個朝聖者，穿著這樣的鞋子，穿著這樣的衣服。想一想吧，親愛的：現象世界轉瞬即逝，我們的衣服，我們的髮式，以及我們的頭髮和身體本身，更是轉瞬即逝。我穿著一身富人的衣服，這你沒有看錯。我穿它們，因為我曾經是個富人；還有我的頭髮像個花花公子，也因為我曾經就是個花花公子。」

「喏，現在呢，悉達多，現在你是什麼？」

「我不知道，我跟你一樣心裡沒數。我正在路途中。我曾經是個富人，可現在不是了，而明天將是什麼，我自己也不清楚。」

「你失去了財產？」

「我失去了財產，或者說財產失去了我。反正是兩手空空。造化之輪飛轉，果文達。婆羅門悉達多如今在哪裡？沙門悉達多如今在哪裡？富商悉達多如今在哪裡？無常之物變換神速，果文達，這你明白。」

果文達眼裡含著狐疑，久久凝視著自己青年時代的好友。隨後，像對貴人似的向他道了別，就轉身走了。

悉達多面帶微笑，目送著他遠去。他仍然愛果文達，愛他這個忠厚老實、戰戰兢兢的好人。此刻，在酣睡後醒來的這樣一個美好時刻，他周身已被「唵」滲透，怎麼會不什麼人都愛，不什麼東西都愛呢！透過睡眠和「唵」，他身上發生了奇跡，這奇跡的魔力就在於：他熱愛一切，對眼前一切都滿懷著歡樂的愛。現在他覺得，先前他病得那麼厲害，就因為他什麼都不愛，任何人都不愛。

悉達多笑盈盈地目送著遠去的僧人。酣睡使他精神煥發，但卻餓得要死，要知道他已兩天什麼都沒有吃，而能忍受飢餓的時光早已過去了。回想起那個時候，他既傷感又欣慰。曾記得當年自己在珈瑪拉面前誇耀過三件事，三種高貴的、不可戰勝的本領：齋戒——等待——思考。這是他的財富，他的權利和他的力量，是他遠行萬里的結實遊杖；在年輕時勤奮而艱苦的歲月裡，他學會了這三種本領，僅僅這三種本領。如今他已丟棄它們，一種不剩地丟棄了它們，不再會齋戒，不再會等待，不再會思考。他用它們換取了最可鄙的東西，換取了最無常的東西，換取了感官之娛，換取了享樂生活，換取了金錢財富！實際上他的境遇稀罕而蹊蹺。現在看來，他真的變成了個凡夫俗子。

悉達多思索著自己的處境。對他而言思考已很困難，他打從心底不喜歡思考，卻又強迫自己思考。

他想，一切過眼雲煙般的世事已經溜掉了，現在我又站在陽光下面，像當初我還是個小孩子時一樣；我什麼都沒有，什麼都不會，什麼都不懂，什麼都沒學過。真是怪呀！現在我已不再年輕，我頭髮已經花白，我體力已經衰退，卻要從頭再來，從小孩子時開始！悉達多又一次忍俊不禁。是啊，他的命運真是稀罕！他越活躍糟糕，而今又兩手空空，赤身裸體，蠢頭傻腦地站在這世界上了。可是不，他並不因此苦悶，他甚至很想哈哈大笑，笑他自己，笑這個荒唐、愚蠢的世界。

「你是每況愈下啦！」悉達多喃喃自語，邊說邊笑，目光同時卻投向河面，但見河水也是在往下流，不斷地往下流，而且吟唱著往下流，流得很是歡快。他一下子樂了，朝著河水發出了親切的微笑。這不就是他曾經想自尋短見的那條河嗎？他是在一百年前，還是在夢中曾經見過它呢？

我的生活確實奇怪，他想，走過了許多奇怪的彎路。少年時，我只知道敬神和祭祀。青年時，我只知道苦行、思考和潛修，只知道尋找梵天，崇拜阿特曼的永恆精神。年紀輕輕，我追隨贖罪的沙門，生活在森林裡，忍受酷暑與嚴寒，學習忍飢挨餓，學習麻痺自己的身體。隨後，那位佛陀的教誨又令我豁然開朗，我感到世界一體性的認識已融會貫通於我心中，猶如我自身的血液循環在軀體裡。可是後來，我又不得不離開佛陀以及他偉大的智慧。我走了，去向珈瑪拉學習情愛之娛，向迦馬斯瓦彌學習做買賣，聚斂錢財，揮霍錢財，嬌慣自己的腸胃，縱容自己的感官。我就這樣混了好多年，喪失了精神，荒廢了思考，忘掉了一體性。可不就像慢慢繞了幾個大彎嗎？我從男子漢又變回了小男孩，從思想者又變回了俗子凡夫？也許這條路曾經很美好，我胸中的鳥兒並未死去。可這又是怎樣一條路哇！我經歷了那麼多愚蠢，那麼多罪惡，那麼多錯誤，那麼多噁心、失望和痛苦，只是為了重新成為一個孩子，為了能從新開始。然而這顯然是正確的，我的心對此表示贊成，我的眼睛為此歡笑。我不得不經歷絕望，不能不沉淪到動了所有念頭中最最愚蠢的念頭，也就是想要自殺，以便能得到寬恕，能再聽到「唵」，能重新好好睡覺，好好醒來。為了找回我心中的阿特曼，我不得不成為一個傻子。為了能重新生活，我不得不犯下罪孽。我的路還會把我引向何處？這條路愚蠢痴傻，彎來繞去，也許是盡在兜圈子吧。

隨它愛怎麼著怎麼著，我願意順著它走下去。

悉達多驚異地感覺到，他胸中正洶湧激蕩著快樂的情緒。

他不禁問自己的心：你哪兒來的這種快樂？也許它來自那使我感覺十分愜意的長長的酣睡？也許來自我吟誦的那個「唵」字？或是來自我的逃遁，來自我成功逃脫，終於重歸自由，又像個孩子似的站在了藍天底下？哦，這成功逃脫，這自由自在，有多麼好啊！這兒的空氣多麼純淨，多麼甜美，呼吸起來多麼舒暢啊！而我所逃離的那個地方，它處處散發著油膏、香料、美酒、奢侈和懶散的氣味。我是多麼憎惡那個富人、饕餮者和賭徒的世界啊！我也曾十分憎恨我自己，恨我自己在那可怕的世界裡面竟然待了那麼久！我也曾十分憎恨自己，狠狠掠奪過自己，毒害過自己，折磨過自己，使自己變得又老又壞了！不，我永遠也不會再像曾經那樣喜歡自以為是，相信悉達多聰明過人了！不過這次我做得不錯，很合我的心意，我得表揚你：你終於結束了對自己的憎恨，結束了愚蠢、無聊的生活！我表揚你，悉達多，在多年的愚昧之後終於有了個好想法，終於做了點兒正事，聽見了你胸中那隻鳥兒的歌唱，並且跟隨它去了！

悉達多就這樣讚揚他自己，對自己很滿意，並好奇地聽著他的肚子餓得咕咕叫。他覺得，最近這段時間他已備嘗痛苦、艱辛，以至於絕望得死去活來。他想這樣也好。不然他還會在迦馬斯瓦彌那兒待很久，掙錢又揮霍錢，填滿肚子卻讓靈魂飢渴難忍；不然他還會在那個溫柔的、軟綿綿的地獄裡住很久，同時也不會發生眼下這事兒，不會有這個徹底無望和絕望的時刻，這個他懸在滾滾洪流之上準備自我毀滅的極端時刻。他感到了絕望，感到了深深的厭惡，但卻沒有被壓倒；那隻鳥兒，那快樂的源泉和聲音，依然活躍在他心裡，他因此感覺喜悅，因此發出歡笑，花白頭髮底下的臉上因此容光煥發。

「這很好嘛，」他想，「把需要知道的一切都親自品嘗品嘗。塵世歡娛和財富不是什麼好東西，這我還是個孩子就學過了。這我早就知道，可只是現在才有了體驗。現在我明白了，不僅是腦子記住了，而是親眼目睹，心知肚明。

太好啦，我終於明白了！」

他久久地思索著自己的轉變，傾聽著那鳥兒歡快的鳴唱。這隻鳥兒不是已在他心中死去，他不是已感覺它死去了嗎？不，是別的什麼在他心中死去了，是什麼早就渴望死去的東西死去了。這不就是在狂熱地贖罪的年代，他曾經想扼殺的那個東西嗎？這不就是他的自我，他渺小、膽怯卻又自負的自我，不就是他曾與之搏鬥多年卻屢戰屢敗的自我，不就是他那殺而不死地反覆再現、禁絕歡樂卻灌輸恐懼的自我嗎？這不正是今天終於在可愛的河邊的樹林裡死去的東西嗎？不正是由於這一死亡，他現在才像個孩子，才滿懷信心，無所畏懼，充滿歡樂嗎？

悉達多還隱約感到，當年他作為婆羅門，作為懺悔者，在與這個自我鬥爭時為什麼會白費力氣。是太多的知識妨礙了他，太多的聖詩，太多的祭祀規範，太多的苦修，太多的行動與追求妨礙了他！他總是意氣揚揚，總是最聰明，總是最積極，總是先所有人一步，總是博學而深思，總是或為祭司或為智者。他的自我就潛入到了這種僧侶性情、這種高傲和這種智慧裡，在那兒扎根、生長，他呢，卻還以為能用齋戒和懺悔將它殺死。現在他明白了，明白那神祕的聲音是對的：沒有任何導師能拯救他。因此他必須走進世俗世界，必須迷失在情欲和權力、女人和金錢之中，成為商人、賭徒、酒鬼和財迷，直至僧侶和沙門在他心中死去。因此他只好繼續忍受醜惡的歲月，忍受噁心，忍受空虛，忍受毫無意義的生活的荒誕無稽，直到結束，直到苦澀的絕望，直到荒淫無恥的悉達多死去，直到貪得無厭的悉達多死去。他死去了，一個新的悉達多卻已從酣睡中醒來。還有他也會衰老，將來有一天也一定會死去，悉達多的生命將成為過去，任何生命都將成為過去。但是今天他還年輕，還是個孩子，這個新的悉達多，他心裡充滿歡欣。

他這麼思索著，含笑聽著肚子咕咕響，心懷感激地聽著一隻蜜蜂嗡嗡嗡的叫聲。他快活地望著滾滾流淌的河水，從沒有哪條河像它這樣使他喜歡，從來沒聽到過流水聲這麼響亮、動聽。他似乎覺得河水想對他訴說什麼特別的東西，訴說什麼還未為他所知、還有待他瞭解的東西。悉達多曾想在這條河裡淹死自己，疲乏、絕望的老悉達多，而今已淹死在河裡了。新的悉達多卻對這奔湧的河流感到一種深沉的愛，於是便在心裡暗自決定，不再很快離它而去。

船夫

DER FÄHRMANN

我要留在這條河邊，悉達多想，當年我投奔那幫凡夫俗子，就曾渡過這條河，一位友好的船夫擺渡了我，現在我還是要找他。當年我是離開他的茅屋，步入了一種新的生活，而今這生活已經陳舊了，衰亡了——但願我現在的路，現在的新生活，也能從他的茅屋開始！

悉達多含情脈脈地注視著奔騰的河水，注視著那清澈見底的碧綠，注視著它描繪出神祕畫面的水晶般的線條。他看見，河水深處不斷冒起明亮的珠串，一個一個氣泡靜靜飄浮在光潔如鏡的水面上，水裡倒映著湛藍的天空。河流正用千萬雙眼睛盯著他，綠色的眼睛，白色的眼睛，水晶般的眼睛，天藍色的眼睛。他多麼愛這條河啊，它使他心曠神怡，他多麼感激它啊！他聽見心裡有個聲音，有個新覺醒的聲音在對他講：愛這條河吧！留在它身邊吧！向它學習吧！哦，是的，他願意向它學習，他願意傾聽它的聲音。悉達多覺得，誰若是懂得這條河和它的祕密，他也就會懂得其他許多東西，許多祕密，所有的祕密。

可是今天，他只看見了這條河的一個祕密，一個攫住了他心靈的祕密。他看到：河水流啊流啊，一個勁兒地流啊，但卻總是在那裡，總跟原來一模一樣，然而又每時每刻都是新的！哦，有誰理解這點，懂得這點呢！他是不懂得，不理解，他只感覺浮想聯翩，心中湧動著遙遠的回憶，迴響著神靈的聲音。

悉達多站起身，腹中飢餓已經無法忍受。他忘情地沿著岸邊繼續向前走，面朝河水，傾聽著流水聲，傾聽著腹內的飢腸轆轆聲。

他來到渡口，依然是當年那只小船泊在那裡，依然是當年擺渡過他的那個船夫站在船上；悉達多認出了船夫，他也蒼老了很多。

「你願意渡我過河嗎？」悉達多問。

船夫見一個如此高貴的人竟獨自徒步走來，很是驚訝，接他上船後便撐離了河岸。

「你選擇了一種美好的生活，」客人說，「每天生活在河邊，在河面上行船，必定十分美好。」

船夫笑呵呵地搖擺著身子，說：「是很美，先生，正如你所說。可是，每一種生活，每一項工作，不都也很美好嗎？」

「也許吧。不過我還是很羨慕你這個行當。」

「噢，你很快會厭倦的。這可不是衣著華麗的人幹的活。」

悉達多笑了。「今天已經有人留心過我這身衣服，帶著疑慮的眼光。船家啊，這身衣服已成了我的累贅，我給你，你是否願意收下呢？要知道，我可沒錢付你擺渡費了。」

「先生是開玩笑吧。」船夫笑道。

「我沒開玩笑，朋友。你瞧，你已經用你的船擺渡過我一次，沒有收錢。今天也照樣吧，但請收下我的衣服。」

「先生莫非要光著身子繼續趕路嗎？」

「哦，我現在最希望的是根本不再趕路。船家啊，最好你能給我一條舊圍裙，收留我做你的助手，確切地說做你的徒弟，因為我得先學會撐船才行。」

船夫久久地打量著這個外鄉人。

「現在我認出你來了，」他終於說道。「你在我的茅屋裡借過宿，很久很久以前啦，大概二十多年前吧，當年我把你渡過了河，然後像好朋友一樣道了別。那會兒你不是個沙門嗎？你的名字我實在想不起來了。」

「我叫悉達多。上次你見到我時確實是個沙門。」

「歡迎歡迎，悉達多！我叫瓦蘇代瓦[23]。我希望今日你還是做我的客人，在

23編註：Vasudeva，得名自印度神話中的黑天之父。梵語 Vasu 有財富與水等含意。

我的茅屋裡睡覺，給我講講你從何處來，你華麗的衣服為什麼成了你的累贅。」

他倆已到了河心，瓦蘇代瓦加緊劃槳，以便逆水前進。他平靜地工作著，胳臂看上去很有力氣，目光盯著船頭。悉達多坐在船裡注視著他，回憶起了當年他做沙門的最後一天，心中就曾對此人萌生過喜愛。他接受瓦蘇代瓦的邀請，對他表示了感激。靠岸時，他幫船夫把船繫牢在木樁上，隨後船夫請他走進茅屋，給他端來了飯和水；悉達多吃得津津有味，還吃了瓦蘇代瓦款待他的芒果。

日落時分，他倆坐在岸邊的一個樹幹上，悉達多給船夫講了自己的出身和生活經歷，講的就像他自己在今天那些絕望時刻所目睹的那個樣子。他講啊講啊，一直講到了深夜。

瓦蘇代瓦全神貫注地聽著。他傾聽了悉達多的一切，他的出身和童年，他所有的學習，所有的探索，所有的歡樂，所有的痛苦。樂於傾聽，乃是這位船夫最大的美德：像他這樣善於傾聽的人很少。他一句話沒說，講述者就感覺他把他的話全都聽進去了；他只靜靜地、坦誠地、懷著期待地、一字不漏地聽著，沒有絲毫的不耐煩，也不加任何褒貶，只是傾聽著，傾聽著。悉達多感到，能向這樣一位傾聽者敞開胸懷，做出自白，讓自己的生活、自己的探索和自己的煩惱沉潛於他的心中，實在是莫大的幸事。

臨近結尾，悉達多講到河邊的那棵樹，講到自己沉淪落魄，講到那神聖的「唵」，講到他一覺醒來對河流產生了深深的熱愛，這時船夫聽得更是全神貫注，心馳神往，以致閉上了眼睛。

悉達多講完了，出現了長時間的沉寂，這時瓦蘇代瓦才說：「情況正如我的想像。河水對你說話了。它也是你的朋友，也對你說了話。這很好，好極了。你就留在我這兒吧，悉達多，我的朋友。從前我有過一個妻子，她的床鋪就在我的床鋪旁邊，可是她早就過世了，我已經過了很久的單身生活。你就跟我一起過吧，反正有兩個人的住處和飯食。」

「我感謝你，」悉達多說，「我感謝並接受你的邀請。我還要感謝你，瓦蘇代瓦，感謝你這麼專心地聽我講！善於傾聽的人很少見，我從未遇見過像你這樣善於傾聽的人。這方面我也要向你學習。」

「你會學會的，」瓦蘇代瓦說，「但不是跟我學。是河水教會了我傾聽，你也要跟它學。它什麼都懂，這條河，你可以向它學習一切。瞧，你已經向它學到了一點，就是努力向下，努力往下沉，向深處探索，這很好。富有而高貴的悉達多變成划槳的夥計，博學的婆羅門悉達多變成船夫，這也是河水點撥你的。你還會向它學到別的東西。」

長長的停頓之後，悉達多才問：「還有別的嗎，瓦蘇代瓦？」

瓦蘇代瓦站起來。「夜深了，」他說，「我們睡覺去吧。我不能告訴你『別的』，朋友。你將會學到，或許你已經知道了。瞧，我不是學者，我不擅長講話，也不擅長思索。我只會傾聽，只會虔誠善良，別的什麼都沒學到。要是我能說會道，指導別人，那我說不定就是個智者囉；可事實上我只是個船夫，我的任務就是送人過河罷了。我已經擺渡了許多人，成千上萬的人，他們全都認為我這條河只是他們旅途上的障礙。他們旅行是為了掙錢和做買賣，還有去參加婚禮，去朝聖，而這條河正好擋在他們路上，船夫呢就是要幫他們迅速越過這個障礙。但是，在這成千上萬人中有幾個人，不多的幾個人，四個或者五個吧，這條河對於他們不再是障礙，他們聽見了河水的聲音，他們傾聽了它的講訴，於是這條河對於他們就變得神聖了，就像它對我變神聖了一樣。不過我們還是歇著吧，悉達多。」

悉達多留在了船夫身邊，跟他學習撐船，如果渡口沒事好做，他就跟瓦蘇代瓦去稻田裡幹活，或者撿柴火，或者摘芭蕉果。他學習做船槳，學習修破船和編筐子，對學什麼都興致勃勃；就這麼飛快地過了一天又一天，一月又一月。河水教給他的東西，可真是比瓦蘇代瓦教的多。他不斷地向河水學習。首先向它學習傾聽，平心靜氣地傾聽，以等待和坦誠之心傾聽，不懷激情，不存熱望，不作判斷，不帶見解。

他愉快地生活在瓦蘇代瓦身邊，兩人偶爾交談幾句，話不多卻都經過深思熟慮。瓦蘇代瓦不喜歡講話，悉達多很少能激起他談話的興致。

有一次悉達多問他：「你是否也向河水學到了那個祕密，就是時間並不存在？」

瓦蘇代瓦滿臉爽朗的笑容。

「是的，悉達多，」他說，「你想講的是不是：河水到處都同時存在，在源頭，在河口，在瀑布，在渡口，在急流，在大海，在山澗，到處都同時存在，因此對於它只有現在，而不存在未來的陰影？」

「是這樣，」悉達多回答，「我弄明白這點後再看自己的生活，就發現它也是一條河，少年悉達多跟成年悉達多以及老年悉達多，只是被影子隔開罷了，而不存在現實的間隔。悉達多先前的出生並非過去，他的死亡與回歸梵天也並非將來。沒有什麼過去，沒有什麼將來；一切都是現實，一切都有本質和當下存在。」

悉達多侃侃而談，這大徹大悟使他異常興奮。噢，一切的煩惱不就是時間嗎？一切自我折磨和自我恐嚇，不就是時間嗎？一旦克服了時間，一旦從思想裡擯除了時間，世間的一切艱難困苦，敵對仇視，不也一掃而光了嗎？他說得興高采烈，瓦蘇代瓦只是容光煥發地望著他微笑，點點頭表示讚許；他默不作聲地點了點頭，用手摸了摸悉達多的肩膀，然後便轉身又做自己的事去了。

又有一次，當雨季河水猛漲，水流湍急，悉達多說：

「哦，朋友，河水有許多聲音，非常多聲音，不是嗎？它是不是有國王的聲音，有戰士的聲音，有公牛的聲音，有夜鳥的聲音，有產婦的聲音，有歎氣者的聲音，以及千千萬萬種別的聲音？」

「是這樣，」瓦蘇代瓦點點頭，「河水的聲音裡包含世間萬物的聲音。」

「當你同時聽到它全部的上萬種聲音時，」悉達多接著講，「你知道它說的是哪個字嗎？」

瓦蘇代瓦臉上綻出了幸福的笑容，他俯身湊近悉達多，在他耳邊低聲說出了神聖的「唵」字。這也正是悉達多從流水中聽到的那個字。

一次又一次，悉達多的笑容跟船夫的笑容越來越像了，差不多是同樣的容光煥發，同樣的喜不自勝，同樣地笑出了千白條細細的皺紋，同樣地天真純樸，也同樣地和藹慈祥。好多旅客看見這兩個船夫都以為他們是兄弟倆。傍晚，他倆經常一起坐在河岸邊的樹幹上，默然無語地傾聽河水流淌；對他們來說，這不是流水的聲音，而是生活的聲音，存在的聲音，永恆變化的聲音。不少時候，兩人在傾聽河水時會想到相同的事，想到前天的一次談話，想到一個長相和遭遇讓他們忘不了的船客，想到死亡，想到他們的童年；有時候，在河水向他們訴說美好事物的同一瞬間，他倆會四目相視，會心一笑，因為兩人不約而同地想到了同一件事情，為相同的問題得到了相同的答案。

有些旅客感覺到，這只渡船和這兩個船夫頗有些特別的地方。有時一位旅客盯著一個船夫的臉看上一陣，就開始講自己的生活，自己的煩惱，坦陳自己的劣行，懇求給他安慰和忠告。有時一位旅客會請求跟他們共度一個夜晚，以便傾聽河水流瀉的聲音。有時還跑來一些好奇者，他們聽說渡口住著兩位賢人，要不就是魔法師或者聖者。這些好奇的傢伙提出許多問題，但卻得不到回答，他們既沒見著魔法師，也沒見著聖者，只見到兩個和藹可親的小老頭兒，他倆悶聲不響，顯得有些個古怪和笨拙。好奇者們哈哈大笑，都說什麼那些傳播謠言的民眾真是輕信和愚蠢。

幾年過去，無人記數。這時候來了一些遊方僧人，一些佛陀喬達摩的弟子，他們請求擺渡過河去。兩個船夫從他們口裡得知，他們正心急火燎地趕回他們偉大的導師那兒，因為廣為傳說，佛陀已在病危之際，即將實現解脫的涅槃。不久又來了一群遊方僧侶，緊接著再擁來一群；這些僧人和大多數旅客一樣，都是開口必談喬達摩，談他即將實現的涅槃。就像來趕軍隊出征或者國王加冕的熱鬧似的，人們從四面八方蜂擁而至，如螞蟻般麇集起來，像是受到一股強大的魔力吸引，紛紛奔向佛陀即將涅槃的地方，奔向將有大事發生的地方，奔向一位世紀偉人即將圓寂之處。

悉達多近來經常想起這位垂危的尊者，這位偉大的導師，他的聲音曾告誡民眾，喚醒了千千萬萬人；悉達多也聆聽過他的聲音，也滿懷敬畏仰望過他聖潔的容顏。悉達多親切地懷念著佛陀，眼前歷歷呈現出佛陀走向完美之路，並含笑憶起當年年紀輕輕的他對佛陀講過的那番話。他感覺那些話傲慢自負，老練圓滑，回想起來不禁啞然失笑。他早就知道自己無法跟喬達摩截然分開，可是又接受不了他的學說。不，一個真正的探索者，一個真正想有所發現的人，是不可能接受什麼學說的。可是這個人一經有所發現，卻可以稱許任何學說、任何道路、任何目標，什麼也不能再把他與生活在永恆中的、呼吸著神的氣息的千千萬萬人分隔開來。

就在許多人都去朝拜垂死的佛陀的某一天，珈瑪拉，當年那個美豔的交際花，也去了佛陀那兒。她早已擺脫以往的生活，把自己的花園贈送給了喬達摩的弟子們，皈依了佛陀的學說，成了那些遊方僧人的朋友和施主。聽到喬達摩病危的消息，她就帶著她的兒子小悉達多上了路，衣著簡樸，徒步而行。她領著小兒子沿著河流前進；可小傢伙很快便累了，想要回家，想要休息，想要吃飯，就又哭又鬧起來。珈瑪拉只好跟他一起頻頻休息，孩子已經習慣了對她固執己見，她不得不給他東西吃，不得不哄他，罵他。孩子不明白，為何要跟隨母親辛辛苦苦地趕路，要去一個陌生的地方探望一個陌生人，一個快要死去的聖者。索性讓他死去得啦，這跟他這個小孩子有什麼相干呢？

母子倆已走到離瓦蘇代瓦渡船不遠的地方，小悉達多又一次逼著媽媽要她歇一歇。珈瑪拉自己也累了，於是就趁孩子吃香蕉的一會兒工夫，自己坐在地上稍稍閉了閉眼睛。母子倆正歇著，可突然珈瑪拉發出一聲慘叫，嚇得孩子連忙瞧她，看見她驚慌失措，臉色慘白，從她的衣裙下鑽出一條小小的黑蛇來，正是它咬了珈瑪拉。

他倆趕緊往前跑，想找人求助，剛好跑到了渡船附近，珈瑪拉就往地上一倒，再也走不動了。孩子發出淒厲的喊叫，不時地親吻和擁抱自己的母親，她也跟著大聲呼救，直至聲音傳到了正站在渡船旁邊的瓦蘇代瓦耳裡。他迅速趕過來，抱起珈瑪拉把她放到船裡，孩子也跟著上了船，一會兒他們就到了茅屋裡；這時悉達多正在爐灶旁生火。他抬頭一眼看見男孩的臉，奇怪的是竟一下子使他想起了早已淡忘的往事。接著他又看見了珈瑪拉，並且馬上認出了她，儘管這時她正不省人事地躺在船夫的臂彎裡；這下悉達多明白了，這男孩是自己的親生兒子，他的相貌令他不禁想起自己的童年，於是胸中激動萬分。

珈瑪拉的傷口清洗乾淨了，然而已經發黑，身體也腫了起來，便給她灌了湯藥。她恢復了知覺，躺在茅屋裡悉達多的床上；深愛過她的悉達多俯身看著她。她覺得像是一場夢，含笑望著這個昔日戀人的臉，慢慢才意識到自己眼前的處境，想起她是被蛇咬了，便驚恐地呼喚她的孩子。

「他就在你身邊，別擔心。」悉達多說。

珈瑪拉緊盯著他的眼睛。蛇毒使她全身麻木，說話舌頭不靈。「你老了，親愛的，」她說，「頭髮花白了。可你仍然像當年那個沒有衣服穿，兩腳滿是塵垢地跑進花園來找我的那個小沙門。比起當年你離開我和迦馬斯瓦彌出走時，現在你更像個沙門。你的眼睛仍像那個時候，悉達多。唉，我也老了，老了——你還認得我嗎？」

「我一眼就認出了你，珈瑪拉，親愛的。」悉達多笑笑說。

「你也認識他嗎？」珈瑪拉指指她的孩子說，「他是你的兒子。」

她目光變得迷茫，闔上了眼皮。男孩哭了起來，悉達多把他抱到懷裡，任他盡情哭泣；他撫摩著兒子的頭髮，看著他孩子氣的面孔，想起了一段自己兒時學到的婆羅門祈禱文。他緩緩地，用唱歌一般的聲調，吟誦起祈禱文來；從往昔和兒時，祈禱文一句一句流進他的記憶裡。在他的吟誦撫慰下，孩子平靜下來了，還只偶爾抽泣兩聲，接著便睡著了。悉達多把他放到瓦蘇代瓦的床上。瓦蘇代瓦正站在爐灶邊燒飯。悉達多瞥了他一眼，他也衝他微微一笑。

「她快死了。」悉達多低聲說。

瓦蘇代瓦點點頭，爐裡的火光映照著他慈祥的臉龐。

珈瑪拉又一次恢復了知覺。痛楚扭曲了她的面龐，在她的嘴上和蒼白的雙頰上，悉達多的眼睛讀出了痛苦。他靜靜地讀著，專注、耐心地讀著，把靈魂沉浸在了她的痛楚裡。珈瑪拉覺察到了，目光開始搜尋他的眼睛。

「現在我發現你的眼睛也變了，」她望著他說，「變得完全不一樣了。我到底憑什麼認出來你是悉達多呢？你既是他，又不是他囉！」

悉達多無言以對，眼睛靜靜盯著她的眼睛。

「你達到目的了嗎？」她問，「你找到安寧了嗎？」

他笑笑，把手撫在她手上。

「我明白了，」她說，「明白了。我也會找到安寧的。」

「你已經找到安寧。」悉達多輕聲說。

珈瑪拉目不轉睛地盯著他的眼睛。她想起自己本來是要去朝拜喬達摩，親眼瞻仰佛陀的面容，呼吸他的寧靜安詳，誰知卻找到了他悉達多；這也好，跟見到佛陀一樣地好。她本想告訴他這個意思，可是舌頭已不再受她支配。她默默地望著他，在她的眼睛裡，悉達多看見生命之火漸漸地熄滅了。臨終的痛苦充溢她的眼睛，她的肢體經受了最後一次震顫，悉達多用手指合上了她的眼瞼。

他呆呆坐著，凝視著珈瑪拉長眠不醒的面容。他久久端詳著她的嘴，她這衰老、疲倦、嘴唇已經變薄了的嘴，憶起自己正值青春年華，曾把這張嘴比作一枚新剖開的無花果。他坐了許久許久，盯著這蒼白的面孔，盯著那些疲倦的皺紋，盯著盯著彷彿自己便融合了進去，彷彿看見自己的臉也同樣躺在那兒，同樣地蒼白，同樣沒了生氣，同時又彷彿看見自己的臉和她的臉依然年輕，依然嘴唇紅潤，目光炯炯；這種當前與往昔並存的感覺，這種存在永恆的感覺，滲透了他的整個意識。此刻他深深感到，比以往任何時候更加深切地感到，每一個生命都不可摧毀，每一個瞬間都永恆長存。

他站起身，瓦蘇代瓦已經給他盛好了飯。可是悉達多沒吃。兩個老人在羊圈裡鋪了一個草墊子，瓦蘇代瓦便躺下睡了。悉達多卻走出去，在茅屋前坐了一夜，傾聽著潺潺的河水，往事一陣一陣沖刷他的心，一生的所有時光同時湧向了他，把他團團包圍在了中間。他時不時也站起來走到茅屋門邊，聽聽孩子睡得怎麼樣。

一大早，太陽還沒露頭，瓦蘇代瓦已走出羊圈，來到朋友身邊。

「你沒睡覺。」他說。
「沒睡，瓦蘇代瓦。我坐在這兒傾聽河水的聲音。它給我講了許多，用有益的思想充實了我內心，用和諧一體的思想充實了我內心。」
「你經受了苦厄，悉達多，可我發現你心中並無悲傷。」
「是的，親愛的，我何必悲傷呢？我，過去曾經富有和幸福，現在更富有更幸福了。我得到了一個親生兒子。」
「我也歡迎你的兒子到來。可是現在，悉達多，我們去幹活吧，要做的事多著哪。珈瑪拉是在我妻子去世的那張床上闔眼的，我們也就在當年焚化我妻子的小丘上，為珈瑪拉壘起柴堆吧。」
孩子仍在熟睡，他們已壘起火葬的柴堆。

兒子

DER SOHN

男孩怯生生地哭著參加了母親的葬禮；悉達多叫他兒子，說歡迎他跟自己一起住在瓦蘇代瓦的茅屋裡，他也是陰沉著臉，畏縮地聽著。一連幾天，他面色蒼白地坐在安葬母親的小丘旁，不肯吃飯，緊閉雙眼，緊鎖心扉，苦苦地與命運抗爭。

悉達多心疼兒子，對他不加勉強，尊重他的悲哀。悉達多理解，兒子不認識他，不可能像愛父親那樣愛他。他漸漸發現，這個十一歲男孩是個嬌生慣養的孩子，是媽媽的心肝寶貝，在富裕的環境裡長大，吃慣了美食佳餚，睡慣了柔軟床鋪，習慣了對僕人發號施令。悉達多明白，悲傷的嬌少爺不可能突然一下就心甘情願，滿足於生活在這陌生、貧困的環境裡。所以他不勉強他，而是要做他的工作，總是把最好吃的飲食留給他。他希望友好而又耐心地，慢慢贏得孩子的心。

孩子剛來到悉達多身邊時，他曾稱自己是個富有而幸福的人。隨著時光流逝，孩子的表現仍舊陌生而陰沉，性情又自負又執拗，不肯幹活，對老人全然不尊敬，還偷摘瓦蘇代瓦樹上的果子，於是悉達多開始意識到，兒子給他帶來的並非幸福和安寧，而是煩惱和憂慮。可是他愛孩子，寧可忍受愛的煩惱與憂慮，也不要沒有孩子的幸福和快樂。

自從小悉達多住進了茅屋，兩位老人就分了工。瓦蘇代瓦又獨自承擔起船夫的職責，悉達多則負責家裡和地裡的活，為的是跟兒子在一起。

悉達多等待了很久，等待了好幾個月，盼著兒子能理解自己，能接受自己的愛，能對他的愛有所回報。瓦蘇代瓦也等了好幾個月，在一旁觀望、期盼和沉默了好幾個月。一天，小悉達多又任性起來，對父親耍起脾氣，衝著他摔壞了兩只飯碗，瓦蘇代瓦看在眼裡，晚上就把朋友叫到一邊，跟他商議。

「請原諒，」他說，「我找你談是出於好心。我看見你在折磨自己，我看見你很苦悶。你兒子讓你苦惱，親愛的，他也讓我苦惱。這隻小鳥兒過慣了另一種生活，住慣了另一種巢。他不像你，出於憎惡和厭倦逃離了富裕生活和城市；他是違背自己的心願，不得已才拋棄這一切的。我問過河水，朋友，我問過它許多次。可河水只是笑，它笑我，笑我也笑你，讓我們的愚蠢笑得渾身哆嗦。水喜歡跟水一起，青年喜歡跟青年一起，你兒子現在待的可不是利於茁壯成長的地方！你也去問問河水，聽聽它對你怎麼講吧！」

悉達多憂心忡忡地望著朋友和藹可親的臉，見他皺紋密布的臉上依然神情爽朗。

「我離得開他嗎？」悉達多面露羞慚，他小聲地問，「再給我點時間吧，親愛的！瞧，我正在爭取他，正在爭取他的心；我要用愛，用善意和耐心，將他的心抓住。有朝一日河水也會對他講話，因為他也是應召喚來的。」

瓦蘇代瓦的笑容越發溫暖了。「噢，是的，他也是應了召喚。他也屬於永恆的生命。可是你和我，我們究竟知不知道召喚他做什麼？知不知道他該走什麼路，該做什麼事，該受什麼苦？他的痛苦將不會小啊，他心高氣傲，脾氣倔強，這種人會吃很多苦頭，走很多彎路，做很多錯事，遭很多罪孽。告訴我，親愛的：你不教育你的兒子嗎？不強迫他嗎？不揍他嗎？你不責罰他嗎？」

「不，瓦蘇代瓦，我不會這樣做。」

「這我知道。你不會強迫他，不會打他，不會命令他，因為你知道，柔能克剛，水可穿石，愛心勝過暴力。很好，我讚美你。不過，你所謂不強迫他，不責罰他，不是你的一個失誤嗎？你豈不是要用愛心來束縛他？豈不是每天都在用好心和耐心令他羞愧，使他越發難受？你這難道不是強迫他，強迫這個高傲的、嬌慣壞了的孩子接受我們這兩個老頭，跟我倆擠在同一間茅屋裡，像我倆一樣靠吃幾根香蕉度日，把米飯都當作美食嗎？我們的想法不可能是他的想法，我們的心衰老而寧靜，走起路來樣子也跟他不同。難道你想的一切還不是對他的強迫，還不是對他的責罰嗎？」

悉達多愕然盯著地面。他小聲問：「你說我該怎麼辦呢？」

「送他回城裡去，」瓦蘇代瓦說，「送他回他母親的房子裡去，那兒還有僕人，把他交給他們。要是沒有僕人了，就把他交給一位教師，不是讓他受教育，而是讓他跟其他男孩、女孩在一起，回到他的世界裡去。這，難道你從來沒想到過？」

「你真看透了我的心，」悉達多悲哀地說，「這我經常想到。可是你瞧，這孩子本來心腸就硬，叫我怎麼能再送他回那樣一個世界裡去呢？他難道不會花天酒地，不會沉溺於享樂和權勢，不會重犯他父親的所有過失，不會也許完全沉淪在輪迴裡面嗎？」

「問問河水吧，朋友！」船夫笑容燦爛，輕輕摸著悉達多的胳臂說，「你聽，它正在笑你哪！你真的相信，你做了蠢事就能避免兒子做蠢事嗎？你能保護兒子免受輪迴之苦嗎？到底怎麼辦？透過教誨，透過祈禱，透過勸誡嗎？親愛的，難道你完全忘掉了那個故事，那個當初你就在這裡給我講的一位婆羅門之子悉達多的故事，一個發人深省的故事嗎？是誰保護了沙門悉達多，使他免於輪迴，沒有陷入罪孽、貪婪和愚昧？他父親的虔誠，他那些教師的勸誡，他自己的良知，他自己的探索，這些能保護他嗎？有哪個父親，有哪個教師，能能保證他不過自己的日子，不沾染生活的汙穢，不承擔自己的罪孽，不自己啜飲生活的苦酒，不自己尋找到自己的路呢？你難道相信，親愛的，也許有誰能倖免於此吧？或許只有你的寶貝兒子是這樣的幸運兒，因為你愛他呀，因為你想幫他免除煩惱、痛苦和失望呀？然而就算你為他死上十次，恐怕也絲毫改變不了他的命運。」

瓦蘇代瓦還從來沒說過這麼多話。悉達多誠懇地向他道過謝，就憂心忡忡地走進了茅屋，但卻久久無法入睡。瓦蘇代瓦說的那些話，他其實都想過，都知道。但那只是一種他無法做到的認識，因為他對兒子的愛，對兒子的柔情，還有他害怕失去孩子的恐懼，比這認識更加強烈有力。從前，他可曾對什麼如此痴迷過？可曾如此深愛過某個人，愛得如此盲目、如此痛苦、如此無望，卻又如此幸福？

悉達多沒法聽從朋友的忠告，他不能放棄他的兒子。他任憑兒子對他發號施令，任憑兒子瞧不起他。他沉默和等待，每天都默默地進行善意的鬥爭，都進行無聲的耐力戰。瓦蘇代瓦也沉默和等待，友好、體諒和寬容地等待。在忍耐方面，他倆都是大師。

一天，孩子的臉使悉達多想起了珈瑪拉，他不禁忽然記起她很久以前對自己說過的一句話，一句珈瑪拉還在青春年少時對他講過的話。「你不會愛，」她對他這樣說過。他呢，同意她說的有理，還把自己比作星星，把孩子般愚鈍的俗人比作落葉，但從她那句話裡，他還是聽出了責備之意。事實上，他也是從來不能完全迷戀一個人，委身一個人，以至於忘掉自己，為了愛一個人而去做種種蠢事；他確實從來不能這樣，而這，正如他當時感覺到的，正是他有別於那些凡夫俗子的重大差異。可是現在，自從他的兒子來了以後，他悉達多也完全變成了俗人一個，他為愛一個人受苦，為愛一個人痴迷，由於愛竟變成了傻瓜。現在，儘管遲了，他也畢竟還是在生活中感受到了這種極其強烈的激情，極其稀罕的激情，因它深受其苦，苦不堪言，可卻感覺幸福，感覺增添了一些活力，感覺更加充實了一些。

悉達多清楚感到，這種愛，這種對兒子的盲目的愛，是一種激情，是一種人性的表現，它就是輪迴，就是一注混濁的流泉，一汪幽暗的潭水。不過同時他又覺得，它並非毫無價值，而是必不可少，它源於自己的天性。這種欲望也需要滿足，這種痛苦也需要品嘗，這種蠢事也需要去做。

在此期間，兒子就讓父親做蠢事，就讓他討好自己，就讓他每天對自己的壞脾氣忍氣吞聲。這個父親毫無任何讓兒子佩服的地方，也無任何讓兒子懼怕的地方。這個父親是位好人，是位善良、和藹、溫柔的人，或者是位虔誠的人，甚至是一位聖者——然後所有這些品德，都不能贏得孩子的心。兒子覺得父親把他困在這可憐的茅屋裡真是討厭，他討厭父親，至於父親對他的頑皮總是報以微笑，對他的謾罵總是報以友善，對他的惡行總是寬容，則正好被視為了這個老偽君子最可恨的陰謀詭計。兒子倒寧願被他恐嚇，受他虐待。

一天，小悉達多的這種心思終於暴露，對父親公然反抗起來。父親分派他一個活兒，叫他去撿柴火。孩子卻不肯出門，執拗、惱怒地站在屋裡，腳跺著地，手攥成拳頭，衝父親劈頭蓋臉一陣吼叫，以發洩對老人的仇恨和蔑視。

「你自己去撿吧！」他氣急敗壞，「我才不是你的奴僕。我知道你不會打我，你根本就不敢！我可是知道，你想用你的虔誠和寬容不斷懲罰我，讓我自卑。你想讓我成為像你一樣的人，也那麼虔誠，那麼溫和，那麼明智！可我呢，你聽著，為了叫你難受，我寧可做強盜和殺人凶手，寧可下地獄也不做像你這樣的人！我恨你，你不是我父親，哪怕你當過我母親十次姘頭也不是！」

他滿腔的憤怒與怨恨，以千百句粗野而惡毒的咒罵向父親傾瀉出來，罵完就跑掉了，直到深夜很晚才回家。

第二天早上他又不見了。不見了的還有一個用兩種顏色的樹皮編成的小籃子，籃子裡裝的是兩個船夫擺渡得來的銅錢與銀幣。小船也不見蹤影，悉達多後來發現它泊在對岸。孩子逃走了。

「我得追他去，」悉達多說，儘管昨天他聽了孩子那一通謾罵難過得直發抖。「一個小孩可不能獨自穿過森林。他會喪命的。瓦蘇代瓦，我們得紮個筏子渡過河去。」

「那就紮個筏子吧，」瓦蘇代瓦說，「也好把孩子弄走的渡船划回來。不過，朋友，你還是放他走吧，他不再是小孩子了，會知道想辦法的。他要找到回城裡的路，他也做得對，別忘了這點。他做的恰恰是你自己耽誤了的事。他想自己照顧自己，自己走自己的路。嗨，悉達多，我看得出你很痛苦，但是你受的這種苦，卻讓別人感覺好笑，你自己過不久也會感到好笑。」

悉達多沒有答話。他已經拿起斧子，動手用竹子紮筏子，瓦蘇代瓦幫助他，用草繩把竹竿捆紮在一起。隨後他們划向對岸，可卻讓河水沖下去了很遠，只好奮力逆流而上，才終於到了對岸。

「你為什麼隨身帶著斧子？」悉達多問。

「我們船上的槳可能已經丟了。」瓦蘇代瓦回答。

悉達多明白他的朋友在想些什麼。他在想，孩子會把船槳扔掉或者弄斷，為了報復，也為了阻撓他們追趕。果然，船裡沒有了槳。瓦蘇代瓦指指船底，笑吟吟地望著朋友，好像要說：「你沒瞧出來嗎，你兒子要跟你說什麼嗎？你沒瞧出來嗎，他不願我們追他？」不過這話他並沒有說出來。他動手製作一支新槳。悉達多卻向他道別，去追他逃跑了的兒子。瓦蘇代瓦對他未加阻攔。

悉達多在森林裡找了很久，才想到他這樣找毫無用處。他尋思，孩子要麼早跑得老遠，已經回到了城裡，要麼還在路上，那他就一定會躲著他這個追蹤者。他進而想到，自己也並不真為兒子擔心；他內心深處知道，兒子既不會喪命，也不會在森林裡遭遇危險。可是儘管如此，他還是不停地往前跑，不再是為了救孩子，而只是出於再見孩子一面的渴望。就這樣，他一直跑到了城邊上。

到了離城很近的大道上，他在那座原來屬於珈瑪拉的漂亮花園大門口站住了；就是在這兒，悉達多第一次見到了坐在轎子裡的珈瑪拉。昔日情景又浮現在腦海，他又看見自己站在那兒，年紀輕輕，一個鬍鬚滿面、赤身露體的沙門，頭髮滿是塵土。悉達多佇立了很久，透過敞開的大門朝園內窺視，看見美麗的樹影下走動著身著黃色僧衣的僧侶。

悉達多久久佇立著，沉思著，眼前掠過一幅幅畫面，耳畔聽見了自己的生活故事。他佇立了很久很久，望著那些僧人，可他看見的不是他們，而是年輕的悉達多，而是年輕的珈瑪拉在大樹下走動的倩影。他清清楚楚看見自己怎樣受到珈瑪拉款待，怎樣得到她的第一個吻，怎樣自豪而又輕蔑地回顧他的婆羅門生涯，自豪而又急切地開始他的世俗生活。他看見迦馬斯瓦彌，看見他的僕人們，看見那些盛宴，那些賭徒，那些樂師，看到珈瑪拉養在籠子裡那隻會唱歌的小鳥，他再一次體驗這一切，感受著輪迴的滋味，再一次變得衰老和疲倦，再一次覺得噁心，再一次感受到尋求解脫的願望，再一次多虧聖潔的「唵」才得恢復健康。

在花園門口佇立了很久很久，悉達多才認識到，驅使自己來到這裡的那個願望是愚蠢的，他沒法幫助自己兒子，他不該總離不開他。他深深感到對逃走了的兒子的愛，覺得它就像自己心中的一道傷口，可他同時也感到，這傷口不是要讓他一再深挖的，它勢必會開花結果，勢必會光彩耀眼。

可眼下這傷口沒有開花結果，沒有光彩耀眼，悉達多因此很傷心。驅使他來這裡追趕、尋找他兒子的目的已經落空。他悲哀地坐到地上，覺得心中有什麼正在死去，他感覺心中一片空虛，不再有歡樂，不再有目標。他靜坐著，等待著。這是他在河邊學會的本領：等待，忍耐，傾聽。他坐在塵土飛揚的大街上傾聽，傾聽自己的心疲乏而悲哀地跳動，等待著一個聲音。他坐在那兒傾聽了幾個鐘頭，再也看不見那一個個景象，便陷入了空虛之中，再看不到一條出路，只好聽任自己沉淪。當他感到內心傷口灼痛，就默誦「唵」，以「唵」充實自己。花園裡的僧人們看見了他，因為他已坐了好多個鐘頭，花白的頭發落滿了灰塵，於是就走過來有一個僧人，在他面前放下了兩個芭蕉。老人沒有看他。

一隻手碰了碰他肩膀，把他從僵坐狀態中驚醒過來。他馬上認出了這觸碰，這溫柔而羞怯的觸碰，神智就清醒了過來。他站起身，向走到了他跟前的瓦蘇代瓦問好。望著瓦蘇代瓦和藹可親的臉，望著他臉上充滿了微笑的細密皺紋，望著他那明澈開朗的眼睛，悉達多也微微笑了。這時他看見了面前的芭蕉，遞了一根給船夫，自己吃了另一根。隨後他默默地跟著瓦蘇代瓦返回了森林，返回了渡口。誰也沒提今天發生的事，誰也沒提孩子的名字，誰也沒提他逃走了，誰也沒觸及這道傷口。回到茅屋，悉達多便往自己床上一躺；過了一會兒，瓦蘇代瓦來到他身邊，端給他一碗椰子汁，卻發現他已經睡著了。

唵

OM

傷口過了許久仍然疼痛。悉達多時常擺渡一些旅客過河去，每逢人家身邊帶著個兒子或者女兒，他總心生羨慕，總要想：「這麼多人，千千萬萬的人，都擁有這最最溫馨的幸福——為什麼我沒有？哪怕是惡人，哪怕是竊賊，哪怕是盜匪，也都有自己的孩子，也既愛他們又為他們所愛，唯獨我沒有！」

如今他想法就這麼簡單，就這麼缺少理性，簡直變得跟那些凡夫俗子一模一樣。

現在他待人接物跟以前不同了，不再那麼精明，不再那麼自負，而是熱情了一些，好奇了一些，更關心人了一些。如今他擺渡普通旅客，也就是那些孩子般的俗人，商販啊，士兵啊，婦女啊，不再像以前那樣覺得他們陌生了：現在他理解他們，理解並分享他們那並非由思想和認識主導的生活，而是僅僅由本能和欲望主導的生活，覺得自己已跟他們成了一樣的人。雖然他的人生已接近圓滿，身上還帶著最近的傷口，他卻似乎覺得這些俗人都是他的兄弟，他們的虛榮、貪婪和可笑對他已經失去可笑之處，而是已經變得可以理解，甚至變得可愛可敬了。一個母親對自己孩子盲目的愛，一個自負的父親對自己獨生子的愚蠢而盲目的自豪，一個愛慕虛榮的年輕女子對珠寶首飾，對男人讚賞的目光盲目而瘋狂的追求，所有這些欲望，所有這些幼稚表現，所有這些簡單、愚蠢但又極為強烈、極為活躍和極為頑固的欲望與貪求，現在悉達多已不再覺得幼稚愚昧了；他看出人們就為這些活著，就為這些忙碌終日，四處奔波，相互攻擊，彼此爭鬥，吃不完的苦，受不盡的罪，沒完沒了地煩惱；可他卻因此愛他們，在他們的每一種激情和每一種行動中，他都看到了生活，看到了那種生氣勃勃的、堅不可摧的精神，看到了梵天。在盲目的忠誠、盲目的剛強和盲目的堅韌方面，這些人可愛又可敬。他們無所欠缺，博學者和思想家完全不比他們高明，只是除了一件小事，唯一一件區區小事：就是意識，就是對所有生命均為一體的清醒認識。悉達多有時甚至懷疑，對這認識、這想法是否能評價得這麼高，它是否也是思索者的一種幼稚表現，是會思考的孩子們的幼稚表現？總之，在其他所有方面，凡夫俗子都與智者賢人不相上下，很多時候甚至還遠遠勝過他們，就像在頑強而堅定地完成必須完成的行動方面，動物有時還顯得勝過了人類一樣。

慢慢地，在悉達多心中，有一個認識，有一種學問，也就是智慧到底是什麼，他長期探索的目標是什麼，已漸漸開花，漸漸成熟了。它無非就是心靈的一種準備，一種能力，一種神祕的藝術，就是在生命中每時每刻都懷抱一體的思想，能夠感受和吸納這種一體性。這在悉達多心中慢慢開花了，這在瓦蘇代瓦蒼老的娃娃臉上反映給他的就是和諧，就是對世界的永恆圓滿的認知，就是微笑，就是一體。

可是傷口仍然灼痛，悉達多仍在苦苦思念他的兒子，仍在心中培育著他的父愛和柔情，任憑疼痛摧殘自己的身心，做出種種愛的蠢事。這火焰是不會自行熄滅的了。

一天，傷口痛得厲害，悉達多熬不過思念之苦，就渡過河去，下了船打算去城裡找他兒子。時值旱季，河水輕盈地流淌，可水聲卻有點兒異樣：它在笑啊！它清清楚楚地在笑。河水是在笑，是在清脆響亮地嘲笑這個老船夫。悉達多停下來，彎腰俯身到水面上，想聽得更加清楚，卻看見靜靜流淌的水面上倒映出自己的面孔。這張面孔使他憶起了什麼，憶起了某些已經淡忘的往事，於是他思索起來，終於發現：這張面孔跟一張他熟悉、熱愛但又畏懼的臉很相像。它很像他父親的臉，那位婆羅門的臉。他回憶起多年前，他還是個年輕小夥子，他怎樣迫使父親同意他離家苦修，他怎樣告別了父親，離家後又怎樣再也沒回去。他父親豈不是也為他忍受了同樣的痛苦，就像他現在為他兒子所受的苦？

他父親不是早已經死了，孤孤單單地死了，再也沒有見到自己的兒子？他自己何嘗不會遭遇同樣的命運？如此這般地重複，如此這般地在一個倒楣的圈子裡奔跑循環，不就是一齣喜劇，一件荒唐透頂的蠢事？

河水發出笑聲。是的，就是這個樣子，只要苦沒受到頭，只要還沒有解脫，一切都會重頭再來，會反反覆覆忍受同樣的痛苦。悉達多重又上了小船，返回船夫的茅屋去，一路上思念父親，思念兒子，遭受河水嘲笑，與自己爭論，情緒瀕於絕望，也同樣很想大聲嘲笑自己，嘲笑整個世界。唉，創傷還未痊癒，心還在同命運抗爭，痛苦還沒放射出喜悅和勝利的光輝。可是他感到了希望，一回到茅屋就產生一種不可抑制的衝動，急欲向瓦蘇代瓦推心置腹，敞開心扉，向他坦陳一切，把一切都告訴這位傾聽大師。

瓦蘇代瓦正坐在茅屋裡編一只筐子。他不再撐船了，他的視力已經開始衰退，而且不僅是眼睛，他的胳臂和手也不行了。沒有改變的，只是他臉上的歡樂，還有他光明磊落的善良。

悉達多坐到老人身邊，慢慢開始講述。講他過去從來沒有講過的事情，講他去了城裡，講他灼痛的傷口，講他見到別的幸福父親時心生嫉妒，講他認識到那些願望很愚蠢，講他徒勞地與它們進行鬥爭。他什麼都講，什麼都願意講，哪怕是最最難堪的隱私他也能說出來，他什麼都袒露無遺，什麼都能兜底講出來。他展示自己的傷口，也講今天逃走的事，講他這個幼稚可笑的逃跑者怎樣過了河，怎樣打算到城裡去，以及怎樣遭受河水嘲笑。

講啊講啊，講了很久，瓦蘇代瓦卻不動聲色地傾聽著，這讓悉達多比以往任何時候都更強烈地感覺到他在傾聽，使他覺得自己的痛苦、自己的憂慮向老人流過去了，他隱祕的希望向他流過去了，流過去了又再折返回來。他向這位傾聽者展示自己的傷口，一如他們在河裡沐浴，一直沐浴到渾身涼爽，與河水融為了一體。如此一直不停地講述著，坦白著，懺悔著，悉達多越來越感到聽他講的不再是瓦蘇代瓦，不再是一個人；這個一動不動的傾聽者吸收了他的懺悔，就像一棵樹吸收了雨水一樣，這個一動不動的傾聽者就是河水的化身，就是神的化身，就是永生者的化身。當悉達多停止想自己和自己的傷口時，這種以為瓦蘇代瓦已改變自身的認知便支配了他的意識，他越是感受到這點，越是深入其中，就越不覺奇怪，就越認識到一切都既正常又自然，瓦蘇代瓦早就是如此，一直是如此，只不過是他自己沒有完全認識而已。是的，就連他自己也幾乎跟他沒有什麼兩樣。他覺得，他現在這樣看老瓦蘇代瓦就像老百姓看神靈，這可是長久不了的，於是開始在心裡向瓦蘇代瓦告別。與此同時，他仍在滔滔不絕地講述。

悉達多講完了，瓦蘇代瓦便用他親切的昏花老眼望著他，沒有說話，只是默默地向他傳送來愛與快樂的光輝，表達出他對他的理解與體諒。他攙起悉達多的手，牽著他來到河邊那個老地方，和他一起坐下來，笑吟吟地面向著河水。

「你聽見河水在笑，」老船夫說，「可是你並沒有聽見一切。我們再聽聽，你會聽到更多。」

兩人凝神細聽。河水歌聲悠揚，宛如多聲部的合唱。悉達多望著河水，流水映出一幅幅畫面：出現了他父親，他形單影隻，因思念兒子而悲傷；出現了他自己，也孤孤單單，也為思念遠方的兒子苦惱；出現了他兒子，同樣孤獨無依，小小年紀就一個人在青春欲望的驅使下闖蕩，各人有各人的目標，各人為各人的目標痴迷，各人有各人的困惱。河水憂傷而痛苦地吟唱著，滿懷著渴望地流向自己的目的地。

「你聽見了嗎？」瓦蘇代瓦默默地望著他，似乎在問。悉達多點點頭。

「再仔細聽聽！」瓦蘇代瓦低聲說。

悉達多更努力傾聽。父親的形象，他自己的形象，兒子的形象，都交融在了一起，還有珈瑪拉的形象也出現了，隨後又變得模糊起來，還有果文達的形象，還有其他人的形象，全都混雜交融在一起，全都匯入了河水，隨著河流一起奔向目標，熱切地、焦急地、痛苦地奔向目標。於是河水的歌聲充滿了渴慕，充滿了熾烈的痛楚，充滿了無法滿足的欲望。河水向著自己的目標奔去，悉達多眼睜睜看著它匆匆流走。看著這由他、他的親人以及他見過的所有人組成的河水，看著河水掀起的浪花，匆匆地奔向目標，奔向許多的目標，奔向瀑布，奔向湖泊，奔向急流，奔向大海，到達了所有的目標，在每一個目標之後又跟著另一個新的目標，於是水變成蒸汽，升騰到空中，在空中變成雨再落下來，成為泉水，成為小溪，成為河流，再重新流淌，重新奔騰。但是那渴望的聲音起了變化。它依然充滿痛苦和渴慕，可是已摻和進別的聲音，快樂的和痛苦的聲音，美好的和邪惡的聲音，歡笑的和哀傷的聲音，成百種聲音，上千種各色各樣的聲音。

悉達多凝神聽著。眼下他已完全是個傾聽者，已完全沉潛到了傾聽中，身心一片虛空，全力吸收著聲響，他感到這時已經把傾聽學到了家。當初他也時常聽到這所有一切，聽到河裡這許許多多的聲音，但今天聽起來卻別有新意。他已經不再能區分這許多聲音，不再能聽見歡笑聲與哭泣聲，小孩的聲音與男人的聲音，它們全都混雜在了一起，渴望的怨訴和醒悟的歡笑，憤怒的叫喊和垂死的呻吟，全都混合為一體，相互滲透，相互交織，沒完沒了地纏繞、糾結在一起。一切一切全結合了起來，一切聲音、一切目標、一切欲念、一切痛苦、一切喜悅、一切的善與一切的惡，全結合到了一起，就是這個塵世。一切結合在一起就成了這事件之河，就成了生命的交響樂。當悉達多全神貫注地傾聽著這河流之聲，傾聽著這首包含千百種聲音的交響詩，不管是煩惱也罷或是歡笑也罷，這時他的心便不會束縛於某一種聲音，而是將他的自我融入進了傾聽之中，於是便聽見了一切，聽見了整體，聽見了統一，於是這由萬千音響組成的偉大交響共鳴便凝結成了一個字，這就是「唵」，意即為：圓滿完美。

「你聽見了嗎？」瓦蘇代瓦的目光再一次問。

瓦蘇代瓦笑容燦爛，滿是皺紋的老臉容光煥發，宛如「唵」的光華浮蕩在河水的所有聲音之上。他笑吟吟地望著朋友，悉達多的臉上也同樣漾起笑容。他的傷口開花了，他的痛苦放出了光彩，他的自我融入了一體中。

此刻，悉達多停止了與命運抗爭，停止了煩惱痛苦。他臉上綻放著睿智的歡樂，心中不再有不合時宜的願望，它懂得了圓滿完美，樂於順應事變的河流，樂於順應生命的潮流，滿懷著同情，滿懷著喜悅，熱衷於流淌，隸屬於一體。

瓦蘇代瓦從河岸邊站起來，一邊注視著悉達多的眼睛，見他眼裡閃耀著智慧的快意，便一如往常地小心而溫柔地輕輕摸了摸他肩膀，說道：「我一直就等著這一時刻，親愛的。現在它終於來臨，我可以走了。我等待這一時刻已經很久，久得跟我成為船夫瓦蘇代瓦一樣久。現在夠了。再見，茅屋，再見，河流，再見，悉達多！」

悉達多向辭行者深深地一鞠躬。

「我已經知道，」他小聲說，「你要進森林去了？」

「我要去森林，我要融入一體。」瓦蘇代瓦滿面紅光地說。

悉達多目送著他，見他意興盎然地去了。他懷著深沉的歡愉和深沉的敬意，目送著老人遠去，見他步態寧靜平穩，頭顱華光四射，整個身體光芒環繞。

果文達

GOVINDA

有一次途中休息，果文達跟其他僧人一起待在名妓珈瑪拉送給喬達摩弟子的林苑裡。他聽說離此約一天路程的河邊住著個老船夫，被許多人視為聖者。果文達渴望見到這位船夫，於是在繼續朝聖之旅時選擇了去渡口的路線。他雖說一輩子謹守教規戒律，也由於年高德劭而受到年輕僧侶敬重，但內心中仍舊燃燒著不安與探求的火焰。

他來到河邊，請求老人擺渡，隨後在抵達對岸下船時對老人說：

「你為我們出家人和朝聖者做了許多好事，擺渡了我們許多人。船家啊，你該不會也是一個尋求正路的探索者吧？」

「可敬的人啊，你自稱是個探索者，」悉達多眼含笑意，回應道，「可是你顯然年事已高，怎麼還穿著喬達摩弟子的衣服呢？」

「我確實老了，」果文達回答，「但是我並沒有停止探索。我永遠也不會停止探索，看來這是我的宿命。還有你，我覺得也探索過。你願意跟我說說嗎，可敬的人呀？」

「要我對你說什麼呢，可敬的人？」悉達多問。「也許是要我說你探索得太多？還是說你只顧探索，卻無所發現？」

「什麼意思？」果文達問。

「一個人探索的時候，」悉達多說，「很容易眼睛只盯住他所尋找的事物，結果就什麼也找不到，什麼也不能吸收，因為他總是想著要找的東西，因為他有一個目標，便受到這個目標的約束。探索意味著有一個目標，發現卻意味著目光自由，胸懷坦然，沒有目標。可敬的人呀，你也許事實上是個探索者，因為你努力追求自己的目標，可是卻看不見某些眼前的事物。」

「我還是沒完全明白，」果文達請求說，「你到底什麼意思？」

「噢，可敬的人呀，」悉達多應道，「幾年前你曾經到過這河邊一次，在河邊發現一個酣睡的人，就坐在他身邊守護著他。可是果文達，你卻沒認出那個酣睡的人。」

僧人大吃一驚，像著了魔似的盯著船夫的眼睛。

「你是悉達多？」他聲音怯怯地問。「這次我又沒把你認出來！我衷心問候你，悉達多，再見到你真讓人高興！你樣子沒怎麼變，朋友。這麼說，現在你成船夫囉？」

「對，成了船夫，」悉達多親切地笑了，「有些人嘛，果文達，就得變變樣兒，就得穿各式各樣的服裝，我呢，就是其中的一個。親愛的，歡迎你，果文達，留下來在我茅屋裡過夜吧。」

果文達當晚留在了茅屋裡，睡在瓦蘇代瓦原來睡的床鋪上。他向青年時代的好友提了許多問題，悉達多得給他講自己生活中的許多事。

第二天早晨，到了上路的時候了，果文達不無猶豫地說：「在繼續趕路前，悉達多，請允許我再提一個問題。你有一種學說嗎？你有一種信仰或學問，一種你需要遵循的、能夠幫助你生活和立身行事的信仰或學問嗎？」

「你知道，親愛的，」悉達多說，「當年我還是個年輕小夥子，我們還在森林裡跟苦行僧一起生活，我就開始懷疑種種的學說和老師，並且離開了他們。現在我依然故我。不過後來我又有過不少老師。一名美麗的交際花曾做過我很長時間的老師，還有一位富商也當過我的老師，當過我老師的還有一些賭徒。有一次，一個遊方僧人也當過我老師；他在朝聖路上發現我在樹林裡睡著了，就坐在我身邊守護我。我也向他學習，也感激他，非常感激他。但是讓我學得最多的，是這兒的這條河，還有我的師傅船夫瓦蘇代瓦。他是個普普通通的人，這位瓦蘇代瓦，他不是思想家，但他卻像喬達摩一樣知道必須知道的東西，他是一位完人，一位聖者。」

「嗨，悉達多，」果文達說，「你還總愛開玩笑，我覺得。我相信你，也知道你並沒有追隨一個老師。但即便你沒有找到一種學說，那未必也沒有發現某些思想和某些認識，它們適用於你，能幫助你生活嗎？要是你能跟我談談它們，會使我非常高興。」

「我有過一些思想，對，時不時地也有過一些認識，」悉達多回應說，「有時我心中是有所感知，在一個小時裡或者一天裡，就像心中感受著生命存在一樣。可是有些思想我卻很難向你傳達。瞧，親愛的果文達，智慧是無法傳達的——這就是我發現的思想之一。一個智者努力表達的智慧，聽起來總是很愚蠢。」

「你是開玩笑吧？」果文達問。

「不是開玩笑。我講的正是我的發現。知識可以傳達，智慧卻不能。人可以發現智慧，可以體驗智慧，可以享有智慧，可以憑智慧創造奇跡，卻不能講述和傳授智慧。這便是我年紀輕輕就已經偶爾預感到，並驅使我離開了那些老師的發現。我發現了一種思想，果文達，它是我最好的想法，可是說出來你又會以為我在開玩笑，或者胡說八道。它就是：每一個真理的反面也同樣真實！也即是說：一個真理如果是片面的，那就只能掛在嘴邊不停地講，不斷地形諸文字。能夠讓人思考和能夠言說的一切，通通都是片面的；一切都片面，一切都半半拉拉的，一切都缺少完整性，都缺少圓滿和一體。佛陀喬達摩講經時談到這個世界，不得不把它分為輪迴和涅槃，分為虛幻和真實，分為痛苦和解脫。沒有其他辦法，想傳道就只有這一條路。然而世界本身，這圍繞著我們和在我們內心中的實際存在，從來也不片面。從來沒有一個人，或者一件事，或者整個輪迴或者整個涅槃，是完全神聖的或者完全罪惡的。只是看起來像這個樣子，因為我們讓虛幻懾服了，以為時間是什麼實在的東西。時間並非實在，果文達，這我一而再再而三地經歷過。既然時間並非實在，那麼存在於現世與永恆之間，痛苦與極樂之間，以及惡與善之間的分野，也就是虛幻的錯覺了。」

「怎麼這樣講？」果文達膽顫心驚地問。

「你聽好了，親愛的，聽好了！我是一個罪人，你是一個罪人，可這個罪人有朝一日會再變成婆羅門，有朝一日會實現涅槃，會立地成佛——喏，你瞧：這『有朝一日』乃是虛幻的錯覺，僅僅是個比喻罷了！罪人並不走在成佛的路上，並不處於發展之中，儘管我們的思維不能把事情想像成別的樣子。不，罪人的身上，現在和今天已經存在未來的佛，他的前途已經全都在這裡，你得在他身上、在你身上、在每個人身上敬奉這個未來的、可能的、隱形的佛。果文達，朋友，塵世並非不圓滿，或是正處在一條通向圓滿的漫長道路上。不，它每一瞬間都是圓滿的，一切罪孽本身就蘊含著寬恕，所有小孩本身就蘊含著老人，所有新生兒都蘊含著死亡，所有瀕死者都蘊含著永生。沒有一個人可以從另一個人身上看出他在自己的路上走了多遠，強盜和賭徒有望成佛，婆羅門則可能成為強盜。在深沉的禪定中，有可能忘掉時間，把一切過去的、現在的和將來的生活通通視為同時，於是一切都善，一切都完美，一切都附屬梵天。因此，我覺得存在即是善，死即是生，罪孽即神聖，聰明即愚鈍，一切肯定皆是如此，一切都只需要我的贊成，我的同意，我的欣然接受，因此對我來說都好，都只會促進我，決不會傷害我。我以自己的身體和心靈體會到，我非常需要罪孽，需要肉欲，需要追求財富，需要虛榮，需要最可恥的絕望，以學會放棄抗爭，以學會愛這個世界，不再拿它與某個我希望的、我臆造的世界相比較，與一種我憑空想像的完美相比較，而是聽其自然，而是愛它，樂意從屬於它。哦，果文達，這就是我腦子裡有過的一些思想。」

悉達多彎下腰，從地上拾起一塊石頭，在手裡掂量了一下。

「這兒這東西是塊石頭，」他輕鬆地說，「它經過一定的時間也許會變成泥土，然後又從泥土變成植物，或者動物，或者人。要在過去我曾說：『這塊石頭只是一塊石頭，它毫無價值，它屬於摩耶幻境；可是它說不定在變化輪迴中也會變成人和精靈，所以我也賦予它價值。』過去我大概會這麼想。但今天我卻想：這塊石頭是石頭，它也是動物，也是神，也是佛，我敬重它和熱愛它，並非因為它有朝一日會變成這個或那個，而是因為它早就是這一切，一直是這一切——而且正因為它是石頭，現在和今天在我眼前呈現為石頭，我才愛它，才從它的每一條紋路和每一處凹陷，從它的黃色，從它的灰色，從它的硬度，從我叩擊它時發出的聲響，從它表面的乾燥或潮濕中，看到了價值和意義。有些石頭摸著像油脂或肥皂，有些摸著像樹葉，有些摸著像沙子，每一塊都有其特點，都以特有的方式念誦著『唵』，每一塊皆為梵，但同時卻又是石頭，實實在在是石頭，或油膩膩或濕乎乎，而正是這點叫我喜歡，叫我覺得奇妙和值得崇拜。不過，我就別再說了吧。言語有損於隱祕的含義，一說出來總會什麼都變了樣，都摻了假，都有些愚蠢——是啊，就這點也很好，也令我喜歡，我也非常同意：這一個人的珍寶與智慧，另一個人聽起來卻總覺得愚蠢。」

果文達默不作聲地聽著。

「你為何跟我講這些有關石頭的話？」過了一會兒，他才遲疑地問。

「沒什麼。或許我就是想說，我喜歡石頭，喜歡河水，喜歡所有這些我們能夠觀察並向它們學習的東西。我可以愛一塊石頭，果文達，也可以愛一棵樹或者一塊樹皮。這些都是東西，而東西是可愛的。但我不能愛言語。所以我一點不在乎學說，它們沒有硬度，沒有軟度，沒有色彩，沒有棱角，沒有氣息，沒有味道，僅僅只有詞語。或許正是它們，或許正是這許多話語，妨礙你得到安寧。要知道連救贖與美德，連輪迴與涅槃，也僅僅是話語，果文達。世界上並沒有涅槃這個東西，只有涅槃這個詞。」

「朋友，涅槃不只是一個詞，」果文達說，「它是一種思想。」

「一種思想，可能是吧，」悉達多繼續說，「我得向你承認，親愛的，我不大分得清思想和話語。坦白說，我對思想也不多麼在乎。我更看重事物。例如，這只渡船上原來有個人是我的前輩和師傅，是一個聖人，他多年來都單單信仰河水，別的什麼也不信。他發覺，河水的聲音在跟他說話，於是他向它學習，接受它的教導和指點，覺得這條河是一位神，可他卻許多年都不知道，每一陣風，每一朵雲，每一隻鳥，每一隻甲蟲，也同樣具有神性，也能像這條可敬的河流一樣給他教誨。可是這位聖人進入森林之後，他就知道了這一切，比你和我知道得更多，無須老師，無須書本，只因為他信仰河水。」

「可是你所說的『事物』，」果文達問，「是真實的、實在的東西嗎？它會不會只是摩耶女神的伎倆，只是幻影和假象呢？你的石頭，你的樹，你的河流——它們真是現實存在嗎？」

「這個我也不很在乎，」悉達多回答。「別管這些東西是假象也罷，不是假象也罷，我自己其實也是假象，因此它們始終都跟我一樣。這就是它們令我喜愛、讓我敬重的原因：它們都跟我一樣。所以我能夠愛它們。而這嘛，也是一種你可能會笑話的學說：愛，果文達，我覺得是一切事物中最重要的。看透這個世界，解釋它，蔑視它，這可能是思想家的事。可我所關心的，只是能夠愛這個世界，不蔑視這個世界，不憎恨世界和我自己，能夠懷著喜愛和欣賞和敬畏之心，來觀察世界，觀察我和萬物。」

「這點我理解，」果文達說，「可佛陀恰恰認為這是欺世之談。他要求善良、仁慈、同情和寬容，卻不是愛；他不允許我們的心因為愛而受到塵世束縛。」

「我知道，」悉達多笑容燦爛地說，「我知道，果文達。你瞧，我們這又陷入了意見分歧的叢林，陷入言詞之爭。我確實不能否論，我這些關於愛的言論與喬達摩的話有矛盾，但卻只是看起來好像有矛盾。正因為如此，我才十分懷疑言詞，因為我知道這矛盾是個錯覺。我知道我跟喬達摩的想法是一致的。怎麼會連他也不瞭解愛呢？他洞悉人生之無常和虛妄，卻依然如此地熱愛人，以漫長而艱難的一生全心全意地幫助他們，教導他們！在他身上，在你這位偉大的導師身上，我覺得也是事實勝於言詞，他的行為和生平比他的言論更重要，他的手勢比他的見解更重要。他的偉大，我認為不在於言論，不在於思想，只在於行動，只在於生活。」

兩個老人沉默了很久。後來，果文達鞠躬道別，說：「我感謝你，悉達多，感謝你為我講了講你的想法。你有一部分想法很奇怪，我一下子沒全聽明白。隨它去吧，我感謝你，祝你生活平平安安！」

（同時果文達卻心裡嘀咕：這悉達多真是個怪人，說出來的全是些古怪想法，他那學問聽上去傻裡傻氣。佛陀的精闢學說聽起來就不一樣，就明白、純粹、易懂，沒有一點兒奇怪、愚蠢或者可笑的東西。不過悉達多的手和腳在我看來跟他的思想不同，還有他的眼睛、他的前額、他的呼喚、他的微笑、他的問候以及他走路的樣子，也跟他的思想不同。自從我們的佛陀喬達摩涅槃之後，我再也沒見過一個讓我覺得是聖者的人！只有他，只有這個悉達多，我覺得是這個樣子。儘管他的學說很怪，他的話聽起來很愚蠢，可他的目光和他的手，他的皮膚和他的頭髮以及他身上的一切，都閃耀著一種純粹，都閃耀著一種寧靜，都閃耀著一種開朗、和善與聖潔的光芒；自從我們的佛陀涅槃以後，這樣的情形我從未在其他任何人身上見過。）

果文達如此想著，不禁心裡很是矛盾。出於愛慕，他再次向悉達多鞠了一躬。向這個靜靜地坐著的人深深鞠了一躬。

「悉達多，」他說，「我們都已經是老人，恐怕誰都很難再見到對方這個樣子啦。親愛的，我發現你已經找到安寧。我承認，我自己沒能找到。可敬的人呀，請再跟我說句話，送我幾句我能掌握和理解的話！送我幾句上路的臨別贈言吧。我的道路，它常常很艱難，常常很幽暗啊，悉達多。」

悉達多緘默無言，總是面帶同樣平靜的笑容望著他。果文達呆呆地盯著他的臉，心懷著恐懼和渴望，目光流露出永遠探索卻永無發現的痛苦。

悉達多看出了這點，微微一笑。

「你朝我彎下腰來！」他輕聲對果文達耳語，「朝我彎下腰來！這樣，靠近些！再靠近些！親吻我的額頭，果文達！」

果文達感到愕然，但出於愛慕，也因為有所預感，還是聽從他的吩咐，彎腰湊近悉達多，用嘴唇親了親他的額頭，誰知忽然就感覺到了奇跡。當時他的腦子還琢磨著悉達多的奇談怪論，還徒勞、違心地努力超越時間觀念，以便在想像中把涅槃與輪迴合二為一，甚至對朋友的話的輕蔑還在他心裡跟他對他深摯的愛慕和敬重進行鬥爭，就發生了這樣的奇事：

他看不見悉達多的臉了，卻看見其他一些臉，許多的臉，長長的一個行列，一條奔騰的臉的河流，成百上千的臉，全都來了又走，可同時又像全都仍然在那裡，全都在不斷地變化，不停地更新，卻又全都是悉達多。他看見一條魚的臉，一條鯉魚的臉，無比痛苦地張大了嘴，一條垂死的魚的臉，眼睛已經翻白——他看見一個新生嬰兒的臉，紅彤彤的，滿是皺褶，哭得已經變了形——他看見一個殺人凶手的臉，見他正把一把尖刀刺進另一個人身體裡——同一瞬間，他看見這個凶手被鎖著跪在地上，腦袋正被劊子手一刀砍下來——他看見男男女女赤身露體，正以各種姿勢瘋狂做愛——他看見一堆直挺挺的屍體，無聲、冰冷、空虛——他看見許多獸頭，公豬的頭、鱷魚的頭、大象的頭、公牛的頭，還有猛禽的頭——他看見群神，看見了克利什那神[24]，看到了阿耆尼神[25]——他看見所有這些形體和面孔之間發生千百種聯繫，相互幫助，相互愛護，相互仇恨，相互毀滅，又相互促使新生，每一個都體現著死的願望，體現著熱忱而痛苦的對無常的信念，然而卻一個也沒死，每一個都只是發生了變化，都總是獲得新生，都總是舊貌換新顏，只是在新顏與舊貌之間，卻未見時間的推移——因此所有這些形象和面孔，都靜止著，流動著，繁殖著，漂向前方，湧流混合在一起；然而在一切之上，卻始終籠罩著一層薄薄的、虛無的、然而又存在的某樣東西，像是一片玻璃或者冰，像是一層透明的皮，像是水形成的一只碗或者一個模子或者一張面具，這個面具帶著微笑，這個面具正是悉達多微笑著的面孔，正是他果文達剛剛才用嘴唇吻過的那個面孔。於是果文達發現，這張面具的笑，這超越洶湧而來的芸芸眾生的一體的笑，這等齊萬千生死的共一時間的笑，這悉達多的微笑，正是佛陀喬達摩那始終如一的，平靜、文雅又捉摸不透的微笑，它也許善意，也許嘲諷，它聰慧明達，變化萬千，就像果文達千百次滿懷崇敬地親眼目睹的那樣。於是果文達知道，大凡完人都這樣微笑。

果文達不再知道是否還有時間，不再知道剛才這幻覺是持續了一秒鐘還是

24 編註：**Krishna**，即印度教神祇黑天，是毗濕奴的化身之一。
25 編註：**Agni**，印度教的火神。

一百年；不再知道是否有一個悉達多，是否有一個喬達摩，是否有我和你；他內心深處好像被一支神箭射傷了，傷痛的味道卻讓他感覺甜蜜，內心深處像著了魔似的消解融化了。果文達繼續站了一會兒，身子俯在悉達多平靜的臉上，他剛才親吻過的這張臉，這張剛才還是一切形象、一切未來、一切存在的活動舞臺的臉。這張臉沒有變化，它外表下面千變萬化的深淵又閉合了起來，悉達多平靜地笑著，輕柔而溫婉地笑著，也許懷著善意，也許帶著諷刺，跟他，佛陀的微笑一模一樣。

果文達深深一鞠躬，不禁潸然淚下，淚水不知不覺淌過了他蒼老的臉龐，在他心裡，最誠摯的友愛之情和最謙恭的敬慕之情，就如火焰般熊熊燃燒起來。他一躬到地，向端坐不動的悉達多致敬，悉達多的笑容讓他憶起了自己一生中曾經愛過的一切，曾經視為珍貴和神聖的一切。

以河爲師，悟道成佛

楊武能

應約重譯眼前這本《悉達多》[26]，不禁想起三十五年前翻譯的《納爾齊斯與歌爾德蒙》[27]。不只因為作者都是瑞士籍的德語作家赫曼‧赫塞，還有兩部作品之間確實有著太多的相似。雖說《悉達多》是個「印度故事」，卻跟《納爾齊斯與歌爾德蒙》一樣，講的也是一個稟賦非凡的年輕人的成長、發展、成

26 編註：簡體版書名，為本書德文書名直譯。
27 編註：一譯《知識與愛情》。

熟，通過畢生的探索、發現直至垂暮之年終於實現理想的漫長過程。還有，兩位主人公達到目標的途徑都是背井離鄉，隻身到塵世間流浪，體味人世的苦樂艱辛，品嘗生活的酸甜苦辣，以求認識生命的本質和人生的意義。鑒於這樣的內容，這兩本書似乎都可以歸為德語文學傳統的所謂「成長小說」（Entwicklungsroman），或者歐洲文學並不少見的流浪漢小說。

《悉達多》（一九二二）比《納爾齊斯與歌爾德蒙》（一九三〇）早問世八年。儘管兩者之間的相似之處還可以說出許多，但更有意義的恐怕還是講講兩者的差異和變化。赫塞給《悉達多》加了一個副標題「Eine Indische Dichtung」，此前的翻譯、評介者——除了德語文學專業的張佩芬——大都譯解為「印度故事」或者「印度小說」，我則認為該譯作「印度詩篇」。不只因為Dichtung 這個德語詞的第一個和最主要的一個義項就是詩，還因為這部薄薄的作品，其詩的品質明顯多於小說，特別是往往為長篇的「成長小說」的品質。比較起來，《納爾齊斯與歌爾德蒙》雖說也十分富有詩意，情節卻要曲折婉轉得多，描寫也要細膩動人得多，人物形象也更加豐滿，因而是一部很好看的、富有詩意和浪漫氣息的故事，所以赫塞要稱它為「Erzählung」（小說、故事）。相反，《悉達多》不論是語言還是表現手法，抒情成分都更重，儘管情節也有一定的故事性乃至傳奇性，敘述描寫卻簡約如同抒情詩或敘事詩，如同繪畫的素描或速寫，少有渲染鋪陳，也缺乏細節描寫，唯求情到意達為止。對此可用一個例子說明，即其第二部的〈河岸〉一章，主人公在克服自殺念頭後僅僅以一小段自言自語，便概括了自己的一生：「少年時，我只知道敬神和祭祀。青年時，我只知道苦行、思考和潛修，只知道尋找梵天，崇拜阿特曼的永恆精神。年紀輕輕，我追隨贖罪的沙門，生活在森林裡，忍受酷暑與嚴寒，學習忍飢挨餓，學習麻痺自己的身體。隨後，那位佛陀的教誨又令我豁然開朗，我感到世界一體性的認識已融會貫通於我心中，猶如我自身的血液循環在軀體裡。可是後來，我又不得不離開佛陀以及他偉大的智慧。我走了，去向珈瑪拉學習情愛之娛，向迦馬斯瓦彌學習做買賣，聚斂錢財，揮霍錢財，嬌慣自己的腸胃，縱容自己的感官。我就這樣混了好多年，喪失了精神，荒廢了思考，忘掉了一體性。可不就像慢慢繞了幾個大彎嗎？我從男子漢又變回了小男孩，從思想者又變回了俗子凡夫？也許這條路曾經很美好，我胸中的鳥兒並未死去。可這又是怎樣一條路哇！我經歷了那麼多愚蠢，那麼多罪惡，那麼多錯誤，那麼多噁心、失望和痛苦，只是為了重新成為一個孩子，為了能從新開始。然而這顯然是正確的，我的心對此表示贊成，我的眼睛為此歡笑。我不得不經歷絕望，不能不沉淪到動了所有念頭中最最愚蠢的念頭，也就是想要自殺，以便能得到寬恕，能再聽到『唵』，能重新好好睡覺，好好醒來。為了找回我心中的阿特曼，我不得不成為一個傻子。為了能重新生活，我不得不犯下罪孽。我的路還會把我引向何處？這條路愚蠢痴傻，彎來繞去，也許是盡在兜圈子吧。」

難怪赫塞稱《悉達多》為 **Dichtung**（即詩），而從《悉達多》到《納爾齊斯與歌爾德蒙》，我們便可看出赫塞這位獲得諾貝爾文學獎的小說大師的逐漸發展和成熟。

當然，《悉達多》與《納爾齊斯與歌爾德蒙》更重要的差異，還是在思想內涵方面，即前者的文化背景和意趣意指為東方古印度的印度教－佛教世界，後者則為西方中世紀的基督教社會。對於印度教－佛教和佛學，筆者近乎無知，不敢在此胡說八道。有多篇《悉達多》的評論，都比較深入地分析闡釋了作品中的佛理內涵，讀者不妨找來慢慢參閱[28]。我這裡只想提醒一點：學長張佩芬系中國研究赫塞的權威專家，她撰有長文評介《悉達多》，論述赫塞受中國文化和哲學，特別是老莊道學思想的影響，分析闡釋得具體、深入、細緻，不啻為閱讀理解《悉達多》這部「詩篇」的極佳引導。她對主人公實現追求的途徑下了一個「悟道成佛」的結論，在我看來正是一語中的，耐人尋味。她闡釋說，悉達多「既從河水悟到萬物之輾轉循環，卻又永恆不滅，即為自身之寫照，開始領悟『道』即自身（和《娑摩吠陀》中「你的靈魂便是整個世界」所述意境

28 如張文江的〈黑塞《悉達多》講記〉，載於《上海文化》二〇一〇年第二期；此外網上還有不少評論。

完全相同）的真理，破解了自己思索半生的跡語，也就邁入了『成道』、『成佛』的正確途徑。」[29]我只想在「悟道成佛」之前加上「以河為師」四個字，以使悉達多悟道成佛之路更加具體、明晰，並且提醒一下印度民族原本也特別崇拜江河，小說中的無名長河自然會使人想到他們視為神聖的恆河，河上那位終生撐船渡人的船夫自然會使人想到普渡眾生的佛陀，而小說結尾主人公定居河邊，志願接替船夫的職責，乃是他成佛途徑的具象表達。

既為詩篇，《悉達多》疏於情節的曲折、跌宕和描寫的細膩委婉，卻富有詩意和哲理，在這點上仍可媲美後來的小說《納爾齊斯與歌爾德蒙》。閃爍詩情和哲思光彩的警句、美文比比皆是，真是讀來口舌生香，心曠神怡。關於宇宙人生，時間空間，來世今生，永恆無常，死生苦樂，家庭社會，男女之愛，親子之情等等，無不在這部篇幅十分有限的小說或詩裡得到優美而智慧的表述，值得讀者去一一發現，細細咀嚼，因此而獲得閱讀的愉悅，心靈的陶冶、淨化。

再說說重譯和譯名的問題。

譯林出版社計畫在作家逝世五十周年之際推出一套《赫塞文集》，邀請我翻譯《悉達多》。接受這個任務時我十分猶豫，因為前面已經有兩個嚴肅認真的譯本。如我在另一篇《譯餘漫筆》中所說，「重譯難免撿人便宜之嫌，影響自己的譯家形象不說，還可能得罪同行朋友。」再說「重譯這活兒本身也吃力不討好，要面對一般人不理解的雙重的挑戰：不僅得經受與原文的對照評估，還得經受與舊譯的對照評估，新譯不但必須有自己的鮮明特色，而且得盡量超過舊譯，真是談何容易……」

猶豫儘管猶豫，我還是不得不接受譯林的盛情邀請，自己原本是它林子裡的一隻鳥，一棵樹嘛，何況一再來電來函的編輯孫茜情詞懇切！

29請參閱張佩芬〈從《席特哈爾塔》看黑塞的東方思想〉，刊於張佩芬所著《黑塞研究》，上海外語教育出版社二〇〇七年版。

為了應對挑戰，不用說得跟通常一樣好好研讀赫塞的原著，除此而外還找來舊譯做了一番比對，看看它們各有什麼優點和不足，以確定自己接著往上攀登的目標和路線。實話實說，兩部舊譯都已達到相當的高度，要想超越、出新，實在不容易。

舊譯之一題名為《席特哈爾塔》[30]，出自德語前輩和赫塞研究權威專家張佩芬先生之手，筆者早年曾得到過她不少的幫助，拙譯《納爾齊斯與歌爾德蒙》的譯序就是請她寫的。她的譯文如同書名、人名都顯示出她精通德語，譯筆十分地忠實於赫塞的原文，可也因此難免這兒那兒顯露出拘泥原文的痕跡，一定程度上忽視了赫塞美文曼妙委婉的詩意。

舊譯之二《悉達多》[31]情況相反。它系從英文本轉譯，譯筆揮灑自如，詩意沛然——譯者楊玉功很重視這一點——並且顯示譯者對佛學有較好瞭解，然而卻不怎麼經得起跟德語原文的比對。

兩部舊譯各有所長，但都可視為翻譯文學的佳作，譯者的辛勤勞動值得尊敬。

研讀赫塞原著和兩部舊譯之後，我確定了自己的重譯策略：在忠實原文的前提下，要盡量使譯文暢達、優雅、靈動，再現赫塞深邃而富有詩意的美文風采和風格。我很慶幸自己原本就傾心於這樣的風格，自己的文筆也頗適合翻譯這樣的美文，翻譯起來能產生共鳴，獲得享受。以同樣的文筆，我曾翻譯《納爾齊斯與歌爾德蒙》以及德國詩意現實主義代表人物史篤姆的小說，並都取得成功，贏得了讀者的喜愛。堅守自己暢達、優雅、靈動的美文風格，是我重譯《悉達多》的基本策略。

從兩本舊譯，我獲益不少。遇到德語語言理解的問題，我便向張譯請教；遇到跟佛教歷史和教義有關的問題，便參考楊譯。例如主人公的名字和書名，我便棄按德語音譯的《席特哈爾塔》，而學楊譯採取傳統譯法《悉達多》，還

30 參見《赫爾曼・黑塞小說散文選》，上海譯文出版社一九八五年版。

31《悉達多》，楊玉功譯，上海人民出版社二〇〇九年版。

有佛陀的名字喬達摩也是。[32]不過其他人名我又採取音譯，如悉達多的好友叫果文達而沒有跟著叫喬文達，因為他並非歷史人物，不存在傳統譯名。為慎重起見，我觀看了根據《悉達多》拍成的同名電影，反覆確認人們都叫他果文達而非喬文達。其他專有名詞也是有傳統譯法就遵循傳統，否則即作音譯而在選字時盡量帶一些印度味或佛味而已。

我對佛學一竅不通，雖為翻譯而學了一下，但難免還會露出馬腳。敬請專家特別是譯者和讀者不吝賜教。

二〇一一年年末歲尾
成都府河竹苑

32學者張文江在〈《悉達多》講記〉裡說，「黑塞的構思很巧妙，他把釋迦牟尼（Śākya-muni）的名字悉達多・喬達摩（Siddhārtha Gautama）一拆為二，一個是悉達多，一個是喬達摩。釋迦牟尼還是在家人的時候，他叫悉達多・喬達摩，悉達多是名，喬達摩是姓。……黑塞把釋迦牟尼的故事一分為二，悉達多是未成就的人，喬達摩是一個已成就的人。悉達多走一條修行之路，回歸喬達摩，實際上就是把兩個人重新拼成一個人。」

附錄

我的信仰

赫曼・赫塞，寫於一九三一

我有時會在散文裡表露我的信仰，更有一次，大約十年多前，嘗試將之寫進書中。那本書叫《流浪者之歌》，印度的學生與日本的僧侶經常審視、討論其中的信仰內容，但他們的基督教同行卻很少如此。

我在書中表露的信仰，帶著印度的名字，有著印度的面孔，並非偶然。我曾以兩種不同的身分接觸到宗教，一是身為正直虔誠之新教徒的兒孫，一是做為印度啟示的讀者，特別是奧義書、《薄伽梵歌》與佛陀的開示。生活在真切確實的基督宗教氛圍中，我卻首先體驗到印度形式的宗教感動，也並非偶然。

我的父親、母親與外祖父，畢生致力於在印度傳教。雖然家中只有我和一位表親有意識到宗教之間沒有高下之別，但這並不妨礙我的父母與外祖父，對印度的信仰形式有著豐富透徹的認識並懷抱同理，儘管他們對那些形式並不完全認同。我從小就呼吸與感受著這樣的印度精神，正如我在基督宗教裡一樣。

另一方面，在認識之初，基督教就以一種奇異且僵硬的形式深入到我的生活，如今它微弱而將朽，已成往事且幾近絕跡。那是帶有虔敬色彩的新教，這段經驗深沉而強烈：我的父母、外祖父母完完全全為神的國度所掌控並為其服務。他們認為人們應該將他們的生命視為跟上帝所借，要盡可能為上帝服務犧牲，而不是依循自私的衝動來行事。童年裡這樣的深切經歷與承繼，對我的生活產生了重大的影響。我不曾認真看待這「世界」和世俗之人，且隨著時間流逝，我越發不看重這些。然而，不論我的長輩們為之而生、為之服務犧牲、為之結社並履行責任的基督信仰多麼偉大和崇高，但就身為孩子所了解到的那些宗教與宗派的形式，很早就令我起疑，部分甚至完全無法忍受。那時許多朗讀歌頌的詩篇，更冒犯了我內心的詩人，在脫離幼年時期後我更已曉得，像我父親和外祖父這樣的人，因為不像天主教般擁有堅實、既定的信條與教義、沒有一個正統、獲得認可的儀式、沒有一個真正、實際的教會，而受盡苦痛折磨。

所謂的「新教教會」其實並不存在，它更像是分崩離析，變成了為數眾多的地方小教會，而這些教會的歷史與其領主，這些新教諸侯，並不比他們所鄙棄的天主教教會高貴到哪兒去。甚至可以說，幾乎所有真正的基督精神以及對神國的真誠奉獻，在這些無聊的路旁小教會裡是看不到的，而是要到那些更偏僻隱晦卻熾熱警醒的集會中，以曖昧不定的形式實現——這一切在我年輕時就已不是祕密，儘管在我父親家裡，人們提到那些地方教會與他們的傳統，總是懷抱崇敬（但我很早就懷疑那崇敬並不全然真誠）。事實上，在我身為基督徒的青年時期中，未曾從教會那裡獲得任何宗教感動。家裡個人的默想與祈禱，我父母生活中的言行舉止，他們高貴的貧困，對苦難的樂於接納，對基督徒的友愛，對異教徒的關懷，他們基督徒生活中種種熱情的英雄作為，顯然都是透過閱讀聖經來得到滋養，而非源自於教會，以及每週日的禮拜、堅振班與未曾帶給我任何宗教體驗的教義問答。

比起這窄迫狹隘的基督教、甜膩的讚美詩、大多極枯燥的牧師與布道，印度宗教與詩歌的世界自然是更吸引人。在這裡，沒有這種壓抑的狹隘，沒有講道壇上嚴肅灰漆或虔敬讀經班的味道。我的想像終於有了活動空間，我可以毫不抗拒地接收那來自印度世界傳來的訊息，而它們持續在我的生命裡帶來了影響。

此後我個人的信仰形式常有變化，但從不是突然間起了改宗的念頭，那些變化的想法總是慢慢地增長發展而來。我的《流浪者之歌》，首重愛而非知識，主角悉達多拒絕教條並以萬物一體的體驗為核心，可以被解釋為對基督宗教的回歸，甚至視作是真正的新教精神。

在我認識到印度精神世界後，才接觸到中國的精神世界，這帶來了新的發展。中國古典的美德觀念，讓我將孔子與蘇格拉底視為兄弟，而老子深藏的智慧與其神祕的動力令我著迷。後來我又受到一波基督宗教的影響，來自於我與一些高智識的天主教徒的聯繫，特別是我的朋友雨果・巴爾[33]，他對宗教改革的嚴厲批評讓我為之贊同，儘管，這並未使我成為天主教徒。與此同時，我看到天主教的一些運作與政策，看到教會的精神與政治領袖是如何利用巴爾這樣純潔高尚的人，他們依據形勢，有時利用他來政治宣傳，有時又對他冷落否定。顯然這樣的教會也不是理想的宗教歸宿，顯然這裡也存在著鬥爭與自命不凡、吵鬧與爭權奪利，顯然這裡真正的基督生活也偏好躲入祕密與隱蔽之處。

在我的宗教生活裡，基督教絕非唯一，但仍占據主要角色，且它更傾向神祕主義的基督教，而非教會的基督教；它與一旁那以一體性為唯一信條、具印

33編註：Hugo Ball，德國作家、詩人，也是達達主義運動的創始人，曾為赫塞書寫傳記。

度—亞洲色彩的信仰之間，並非沒有衝突，只是不起戰爭。我的生活從未離開宗教，我也不能一天沒有它，但我不需要教會。那些因信條與政治因素而分裂的個別教會，在我看來就像是對民族主義的諷刺畫，特別是在世界大戰期間，而新教各派系無能實現超宗派的統一，對我而言總像是德意志無法團結的譴責象徵。往年這樣的念頭，使我對羅馬天主教會有著些許崇敬、些許欽羨，我的新教信仰渴望著穩固形式、傳統、有形精神體現，使我時至今日仍對這西方世界最偉大的文化產物保持崇敬。但即使是這令人讚嘆的天主教會，在我眼裡也只有遠觀時才這樣值得崇敬，只要我一走近，它就如同所有人類的造物般，散發出滿是血腥和暴力、政治與卑鄙的氣息。儘管如此，有時我還是羨慕天主教徒能夠在聖壇前祈禱，不必躲在狹小的房間；羨慕他們能透過告解室的窗口懺悔，不必總是獨自面對自我批評的諷刺。

（編輯部編譯。原文出自：*Neue Schweizer Rundschau, Band 13[1945-1946]*）

生平自述

赫曼・赫塞，為諾貝爾文學獎寫於一九四六

一八七七年七月二日，我生於黑森林[34]的卡爾夫。我的父親，是來自愛沙尼亞的波羅的海裔德國人，我的母親是施瓦本[35]人與法裔瑞士人之女。我的祖父是醫生，外祖父則是傳教士與印度學家。我的父親也是，曾短暫在印度擔任傳教士，而我母親的青年時期也有幾年在印度度過，並在那裡進行傳教工作。

34 編註：Schwarzwald，位於德國西南邊境，在巴登－符騰堡州境內，是德國最大森林山脈，也是知名旅遊勝地。後文卡爾夫（Calw）是位於黑森林北部的一座小鎮。
35 編註：Schwaben，德國舊行政區名，位於德國西南部，包含今日巴登－符騰堡州東南與巴伐利亞州西南部。

我的童年時光大多在卡爾夫，但有幾年到了巴塞爾[36]（一八八〇－一八八六）。我的家族本就由多個不同民族組成，到此又多了在兩種不同民族之間、在兩個方言不同的國家之間的成長經歷。

我的學生時代，絕大多數時間都在符騰堡的寄宿學校度過，有段時間則是在毛布朗修道院[37]的神學院裡。我的學習能力不錯，儘管希臘文程度一般但拉丁文學得很好，不過我並不是個好管教的小孩，要我融入以壓制、打破個人特質為目標的虔敬教育框架中，是如此困難。從十二歲起我就想成為一名詩人，但這並無正規或官方的道路可循，所以對於離開學校後要做些什麼，我陷入了艱難的抉擇。離開了神學院和文理中學後，我當過技師學徒，到了十九歲時，則在圖賓根[38]與巴塞爾的書店、古董店裡工作。一八九九年末，我出版了少數詩篇，隨後也出版了一些其他作品，同樣都未獲注意。直到一九〇四年，寫於巴塞爾、背景設定在瑞士的小說《鄉愁》（*Peter Camenzind*）出版，才迅速取得成功。我放棄了賣書的工作，與我兒子們的母親、一名來自巴塞爾的女子結婚，並搬到了鄉下。在那時，遠離城市與文明的鄉村生活，是我的追求。從那時候起我總是住在鄉間。從一開始到一九一二年，住在波登湖[39]畔的蓋恩霍芬，而後在伯恩近郊，最後到了盧加諾[40]附近的蒙塔諾拉，至今居住於此。

在我於一九一二年定居瑞士後不久，第一次世界大戰爆發，這年復一年帶給我的，是越來越多與德國民族主義的衝突。自從我首次害羞地對群眾煽動與暴力表達異議後，就持續接收到來自德國的不斷抨擊以及洪水般的辱罵信件。來自德國官方的仇恨，在希特勒的統治下到達頂峰，但我從那些懷抱國際和平思想的年輕一代那兒、羅曼·羅蘭終身的友誼裡，以及來自印度和日本這樣遙

36 編註：Basel，瑞士第三大城，被譽為瑞士的文化首都。西北鄰近法國阿爾薩斯，東北與德國黑森林山脈接壤。

37 編註：始建於十二世紀，曾屬天主教熙篤會，十六世紀後為新教的神學院。現為世界文化遺產。

38 編註：Tübingen，在德國巴登－符騰堡州中部，是知名的大學城。

39 編註：Bodensee，位於瑞士、奧地利與德國三國交界處。後文蓋恩霍芬（Gaienhofen）是位於波登湖畔的德國小鎮。

40 編註：Lugano，位於瑞士南部，是提契諾州第一大城，鄰近義大利。後文蒙塔諾拉（Montagnola）是其附近的小山村。

遠國度卻依然與我有著相同想法者的支持中，贏得了補償。自從希特勒垮臺之後，我在德國再次獲得認可，但我的作品，部分被納粹查禁，部分毀於戰火，還不曾在那裡重新出版。

一九二三年，我放棄德國籍並取得瑞士公民身分。在結束第一段婚姻關係後，我獨自生活多年，又再次走入婚姻。忠實的好友們提供了蒙塔諾拉的一處房產供我使用。

直到一九一四年大戰爆發前，我都熱愛旅行，經常前往義大利，更一度在印度待了幾個月。從那之後我幾乎完全放棄了旅遊，已有十多年沒離開瑞士了。

撰寫《玻璃珠遊戲》（*Das Glasperlenspiel*，一名 *Magister Ludi*，一九四三年出版）這部兩卷小說的十一年來，讓我撐過了希特勒統治時期與二次大戰期間。自從完成這部長篇作品後，眼疾與老年疾病的增加已讓我無法從事更大型的創作項目了。

在西方哲學家裡，我受柏拉圖、斯賓諾莎、叔本華和尼采，以及歷史學家雅各・布克哈特的影響最深。但他們對我的影響，沒有印度哲學以及後來的中國哲學來得大。對於藝術，我一直和它有著熟悉友好的關係，但我和音樂的關係更加親密、有成。這點在我的寫作中可以看到。就我的觀點，我最有特色的作品是那些詩篇（詩選集 *Die Gedichte*，一九四二年出版於蘇黎世）、故事《漂泊的靈魂》（*Knulp*，一九一五）、《徬徨少年時》（*Demian*，一九一九）、《流浪者之歌》（*Siddhartha*，一九二二）、《荒原狼》（*Der Steppenwolf*，一九二七）、《知識與愛情》（*Narziss und Goldmund*，一九三〇）、《東方之旅》（*Die Morgenlandfahrt*，一九三二）和《玻璃珠遊戲》（一九四三）。在《回想錄》（*Gedenkblätter*，一九三七年首次出版，一九六二年增修）一書中，有許多自傳性的篇章。討論政治議題的散文合輯，最近於蘇黎世出版，題為《戰爭與和平》（*Krieg und Frieden*，一九四六）。

還望各位先生們，能對這極粗略的概述感到滿意。我的健康狀況已不容許我陳述得更全面了。

小記

赫曼・赫塞（一八七七—一九六二）於一九四六年獲得法蘭克福歌德獎，一九五五年獲得德國書商和平獎。一九五二年出版六冊作品全集；一九五七年增補第七冊，收錄專文與其他雜文作品。另單獨出版有《往昔回顧》（*Beschwörungen*，一九五五），收錄晚近散文以及與羅曼・羅蘭的書信應答。

赫曼・赫塞於一九六二年八月九日逝世。

（編輯部編譯。原文出自：*Nobel Lectures, Literature 1901-1967*, Editor Horst Frenz, Elsevier Publishing Company, Amsterdam, 1969）

國家圖書館出版品預行編目 (CIP) 資料

流浪者之歌：赫曼．赫塞傳世之作，出版 100 週年紀念版／赫曼．赫塞 (Hermann Hesse) 著；楊武能譯 . -- 初版 . -- 新北市：方舟文化出版：遠足文化事業股份有限公司發行，2022.01

面；　公分 . --（心靈方舟；34）

歌德金質獎章譯者典藏譯本

譯自：Siddhartha: Eine Indische Dichtung

ISBN 978-626-7095-04-1（平裝）

875.57　　110020104

心靈方舟 0034

流浪者之歌／悉達多

赫曼・赫塞傳世之作，出版 100 週年紀念版【歌德金質獎章譯者典藏譯本】

Siddhartha: Eine Indische Dichtung

作者　赫曼・赫塞
譯者　楊武能
封面設計　井十二設計研究室
內頁設計　黃馨慧
主編　邱昌昊
行銷主任　許文薰
總編輯　林淑雯

出版者　方舟文化／遠足文化事業股份有限公司
發行　遠足文化事業股份有限公司（讀書共和國出版集團）
231 新北市新店區民權路 108-2 號 9 樓
電話：（02）2218-1417
傳真：（02）8667-1851
劃撥帳號：19504465　戶名：遠足文化事業股份有限公司
客服專線：0800-221-029　E-MAIL：service@bookrep.com.tw
網站　www.bookrep.com.tw
印製　通南彩印股份有限公司　電話：（02）2221-3532
法律顧問　華洋法律事務所　蘇文生律師
定價　360 元
初版一刷　2022 年 01 月
初版十刷　2024 年 07 月

方舟文化官方網站　方舟文化讀者回函